講談社文庫

いたずらにモテる刑事の捜査報告書

石川智健

講談社

目次

いたずらにモテる刑事の捜査報告書

プロローグ

久保《くぼ》は、日向《ひなた》と並んで歩く。

アルコールで火照《ほて》った身体《からだ》にとって、冬の夜は心地よい寒さだった。

一度視線を落とし、星の見えない天を仰ぐ。そして、久保はチラリと日向を見た。

薄い唇を閉じ、前を向いて歩いていた。一定の歩調。

日向の顔は完璧だった。男から見ても、惚《ほ》れ惚《ぼ》れする。

長身かつ筋肉質で、比較的整った顔を持つ久保は、自分もモテるタイプだという自負がある。ただ、争うことが馬鹿らしく感じるほどに、日向は圧倒的にかっこいい。

日向はモテる。それも、いたずらに。当の本人はモテることを望んでいないから、無駄にモテているのだ。

モテる要素というのはさまざまだ。気《き》が利いたり、優しかったり、勇気のある行動を起こしたりする男はモテがちである。少なくとも、それがモテる理由だと考える人は一定数いる。

日向も、おそらくそういったものを備えているのだろう。しかし、容姿が突出しすぎていて、モテるであろう行動が霞《かす》んでしまっている。いや、見えなくなってしまう。前に、地域課の女性職員が話しているのが耳に入ったが、日向がどうしてモテるのかを分析したり理由付けするのは野暮《やぼ》であり、言うなれば、日向そのものが、モテるという概念なのだということだった。

概念。抽象的かつ普遍的に捉えられた、そのものが示す性質。

――なんだよ概念って。

心の中で不満を言いながら、顎《あご》を突き出して天を睨《にら》みつける。

「あ、ちょっとコンビニに寄る」

久保は言い、照明が煌々《こうこう》と光る店内に日向と入る。

フリスクを手に取り、レジに持っていく。女性店員は、口を半分開けた状態で日向を凝視していた。まるで、この世のものとは思えないと目を疑っているようだった。現に、目を擦《こす》ってから瞬《まばた》きをしている。

「お願いします」

久保の言葉を、女性店員は完全無視。日向に釘付け。

ため息を吐《つ》いた久保は、レジカウンターに置いたフリスクを、前に押し出す。

「あの、これ、お願いします」

「あ……え？　は、はい！」

素《す》っ頓狂《とんきょう》な声を発した女性店員は、慌ててフリスクを手に取り、二回落としてからようやくバーコードをスキャンする。

落ち着いてほしい。

「お、お箸《はし》はおつけしますか!?」

声が裏返っている。

駄目だ。完全に舞い上がっているようだ。フリスクを箸で食べる人はいるのだろうかと考えつつ、久保は断る。

「袋もいりません」

その言葉に、女性店員は瞬きをした後、フリスクのビニール包装を破って手渡してきた。そうではないとツッコミを入れたくなったが、手間が省けたので黙っておいた。

会計を終え、コンビニを出た久保は、店内で水を買っている日向と、今にも茹《ゆ》で上がりそうな女性店員を一瞥《いちべつ》し、フリスクの中身をいつものと入れ替えた。

日向と合流し、駅に向かおうとするが、立ち止まる。

「……締めの一本、いくか」

「いいですよ」

日向の同意を得られたので、つま先の向きを変えて進んだ。

ガード下に、〝食安商店《しょくあん》〟と書かれた錆《さ》びた看板が掲げられた酒の自販機が並ぶ一角があった。商店とは名ばかりで、酒の自販機がただ並んでいるだけの空間だ。早い時間ならば購買部が開いているので、サラミなどのつまみを買えるが、十九時には閉まってしまう。

この辺《あた》りで飲み、まだアルコールが足りないなと思ったら、ここの自販機で缶ビールを買い、立ったままあおるのが常だった。

久保は、ポルシェ911カレラを一年前に買っていた。ポルシェのオーナーになっても、モテるという意味では特に恩恵を受けたと感じることはなかったが、所有欲は満たされた。ただ、所有といっても、残価設定ローンを組み、給料の多くが返済金に当てられている。そのため、食安商店は強い味方だった。刑事はそれなりの給料をもらえるが、時給換算すれば薄給だ。頼んでもいないのに勝手に出てくる居酒屋のお通しが憎い。しかも、それが結構高いからむかつく。お通さなくていいし、できればお通したくない。

酒を飲むときは、常に財布の中身と相談し、勘定する。

そういった境遇の人間は、いつの世にも多い。

現に、食安商店の周囲は人で溢《あふ》れかえっていた。四十人ほどはいるだろう。缶ビールや缶チューハイを買って近くの縁石に座って飲むサラリーマンらしき三人組。作業着に身を包んだ出稼ぎの外国人労働者。地べたに座っている職業不詳の男。ときどき、ゴミ箱を漁《あさ》るホームレスの姿もある。地球に来て人間に混じっているといわれているニャントロ星から来たニャントロ人が紛れ込んでいたとしても、ここなら驚かないと久保は思った。

カオスの街、有楽町《ゆうらくちょう》。

新橋《しんばし》の雑多さよりも洗練されているような街並みだったが、大通りを逸《そ》れればこの有り様だ。肩肘を張る必要性のない、居心地の良い空間。

歩道と車道の境界線で、男が大笑いしている。たった今、惚れ薬でも見つけたかのような笑いだった。分けてほしい。

久保が先に自販機の前に行き、ギネスビールを買う。ギネスは身体にいい、らしい。日向は後に続き、ブラックニッカのハイボールを買っていた。日向は二十七歳だから、八歳も年下だ。このくらいはご馳走してやりたいと久保は思うが、財布の中が心許ないので、飲むときはきっかり割り勘だった。いや、記憶を無くすまで飲んだあと、気付いたら会計が終わっているというのが何度もあった。そういったときは、財布の中身が減っていないような気がしたが、日向が立替金を要求しないのでそのままにしておいた。

百円単位をケチる。その積み重ねが、ポルシェ911を維持することに繋《つな》がる。

プルトップを開けて、酒を喉《のど》に流し込む。

それなりに酔いが回っていたので、この段階になれば、なにを飲んでも美味《うま》く感じる。酒を飲むとき、最初に良いものを飲み、最後は安さを求める。酔えば味なんか分からなくなる。

帰路を急ぐ通行人を眺めつつ、がやがやと騒がしい空間に身を置いていると、心地が良かった。

「この前、ポルシェのオーナーズクラブに初めて行ったんだが、イメージと違ってがっかりだったよ」

「オーナーズクラブなんてあるんですね」

日向は目を丸くした。

「……ん、俺、この話したっけ？」

「いえ、していません」

にこやかに笑う日向。その顔を見て、おそらく話したと気付くが、また話したいから先に進める。

「俺も、そんなものがあるなんて買うまで知らなかった。入会金とか年会費を取られるから迷っていたけど、ビジターでも参加できるということだったから行ってみた。が……若い人が少なかった」

久保は、ポルシェから颯爽《さっそう》と降りてくる美女がどこかに存在しているという先入観を抱いていたのだが、そんな人物に出会えたことはなかった。たまたまかもしれないが、参加したオーナーズクラブにもいなかった。モテるために無理をして購入したポルシェも、今のところ宝の持ち腐れだ。駐車場の賃料もかかるし、維持費もかかる。まさに、金食い虫だった。

「最近の若い人は、車に興味がないですからね」

「そうみたいだな」

久保はその情報をもっと早く欲しかったと思う。

警察官になってから一度車は手放したが、大学生の頃はずいぶんと車を乗り回した記憶が蘇《よみがえ》る。ダイハツのコペン。小さい車体の相棒。そういえば大学二年生のときに、狙っていた女性が二人いて、一人をドライブに連れて行き、翌日にもう一人を乗せた際、助手席にピアスが落ちていたのが見つかって険悪なムードになったのを思い出す。あれは、一人目の女性のピアスだった。どうして落ちていたのか、今も不明だ。結局、どちらとも付き合うことはできなかった。

嫌な記憶だ。忘れよう。

「そういえば、妹の旦那もポルシェを持ってたな……」

しかも、先日ランボルギーニも買ったと言っていた。

妹の旦那は三十歳にして会社経営者だった。システムだかアプリだかなんだかを作っているとかで、社員を百人以上抱えており、上場も果たしている。この前、妹に会ったときに聞いたが、引っ越しをするとかでマンションを見て回っているようだ。購入予算は二億円。

「あのさ、〝PJ〟ってなにかピンとくるか？」

「……PJですか？　なんでしょうか……」

眉間《みけん》に皺《しわ》を寄せた日向は、首を傾《かし》げる。

「この前、妹夫婦と飯を食べたんだが、妹がPJPJって言うから、いったいなんんだよと思ったら、プライベートジェットのことだったんだよ。沖縄旅行に行ったんだってよ……ったく、金持ちにかぶれやがって……」

妹が住んでいる華やかな世界の話を聞くと、鬱屈《うっくつ》した気持ちになる。それでも、妹が幸せそうなのは喜ばしいことだ。それに、妹は、刑事になった久保を心の底から尊敬しているようだった。今も、お兄ちゃんと言って慕ってくれる。

「俺は刑事に憧れて、こうして夢を叶えた。まぁ、それはそれでいいんだが、妹夫婦の話を聞いていると、ちょっと劣等感に苛《さいな》まれるんだよな……警察で出世しても昇給額はたかが知れてるし、そもそも出世したくないし」

後ろ向きな発言をした久保は、胃に痛みを感じたため、ジャケットの内ポケットからフリスクを取り出して、タブレットを口に入れて飲み込んだ。

「夢を叶えられる人は多くないですから、胸を張ってください」

日向に励まされ、少しだけ気持ちが楽になった。

「そういうお前は、刑事になりたくてなったのか？」

警視庁捜査一課予備班に配属されてから約三年。久保は、日向の私生活をほとんど知らなかった。

この男は、モテる。

それは動かしがたい事実だったが、それ以外のことはほとんど知らない。両親のことも、兄弟のことも。どこで生まれ育ったのかも。聞いても、体《てい》よくはぐらかされる。なんとなく、過去の話を避けているような節がある。踏み込んでほしくなさそうだったので、久保も深追いはしなかった。

「……僕は、そうですね……どうしてでしょう」

ぎこちない笑みを浮かべた日向は、わざとらしく肩をすくめた。そして、やや不自然な感じで別の話題を口にした。

日向の顔が赤くなっていた。それほど酒が強いタイプではない。ときどき身体が揺れているところを見ると、酔いが回っているのだろう。

久保と日向が所属する警視庁捜査一課予備班は、暇がない反面、決まった勤務時間があるわけでもないので、時間の都合はつけやすかった。こうして頻繁《ひんぱん》に飲みに行けるのは役得だ。

予備班という実に曖昧模糊《あいまいもこ》としたチームの、唯一の同僚である日向。

久保は、日向の顔を見つめる。

どうしてそんなにモテるのか。たしかに顔はいい。ただ、久保自身の容姿も悪くはないという自負がある。

――俺だって、もっとモテてもいいだろ。

僻《ひが》みではなく、本気でそう思っていた。

ただ、ときどき日向が可哀想になることもあった。モテるがゆえの苦労を垣間《かいま》見ていると、それはそれで大変なんだなと感じる。

「……まぁ、それでも俺は、モテたいがな」

独りごちた久保は、二本目の缶ビールを求めて自販機へと向かおうとしたところで、道を歩く女性二人組が目に入る。

二人とも、かなりの美人だ。ＯＬというよりも、モデル業をやっているような華やかな雰囲気。自分に自信のあるタイプ。

「おい、日向。ちょっと声をかけてこい」

指を差しながら告げる。

「え……僕ですか？」

困り顔になった日向が狼狽した様子を見せる。

「捜査報告書で手助けしてやっているだろ」

「……まぁ、そうですけど。でも、それとこれとは……」

「恩返しっていうのは、こういうときにするものだ」

「うっ……」

言葉を詰まらせた日向は、気乗りしないような顔をしつつ、ポケットからお守りを取り出した。桃が描かれた厄除《やくよ》けのお守り。桃は昔から、魔を除ける果実とされていたらしい。日向にとっての厄除けは、女難除けが主目的だと聞いた。

「お前の気骨は軟骨でできているのか？　さぁ、行ってこい」

久保の言葉を受けた日向は、心底嫌そうな表情のままリュックサックを背負い直し、二人組の女性へ向かっていった。

日向が二人組の前に立つ。女性たちは感電したかのように身体を震わせ、驚いた様子で立ち止まった。普通、道端で声をかけたら警戒されて無視されるのが関の山だろう。ただ、日向の場合は違う。なにせ、絶世の美男子なのだ。圧倒的な武力を持つ異星人が攻めてきて、それをただ呆然と見つめるしかない一般市民という構図をハリウッド映画で見たことがあるが、まさにそれだ。為す術《すべ》なし。あとは運命に身を任せるしかないといった状態。女性たちは日向から一瞬も目を逸《そ》らさない。逸らしたら霧消するのではないかと思っているのだろう。日向こそニャントロ人の可能性もあるなと久保が考えていると、背後に大男が立ち、日向の肩に手を置いた。夜なのに、サングラスをかけている。

離れているので声は聞こえてこなかったが、なにやら大男が脅しつけているようだ。サングラスを取る。すると、日向がすぐに大男の腕を掴《つか》んだ。

久保は瞬きをする。状況が読めない。

やがて、取っ組み合いになるが、大男が日向の後ろに回り、首を絞め始めた。

「……ったく、なにやってるんだよ」

暴行事件になったらことだ。久保は首を回したり腕を伸ばしたりしながら近づく。

大男は、公害と認定されそうなレベルの酒臭い息を周囲にまき散らしていた。

「こんな奴より、俺と飲みに行こうぜ！」

野太い声。大男もどうやら二人組をナンパしようとしているらしい。顔が赤く、かなり酔っている様子だ。日向に対抗しようなんて馬鹿な奴だと思いつつ、久保は助けに入ろうとする。

しかし、その前に二人の女性が動いた。

「離しなよ！」

女性のうちの一人が大男に蹴りを入れる。なかなか筋のいい蹴り。もう一人の女性は、日向の身体に絡《から》まる腕に噛《か》みついていた。二人とも、必死の形相《ぎょうそう》で日向を助けようとしている。サングラスが飛んだ。体格に似合わず、つぶらな瞳の男だ。

久保はため息を吐く。

日向と出会ったとき、女性はさまざまな反応を示す。緊張が高じると、人は発汗したり喉の渇きを覚えたり、泣き出したりする。もちろん、個人差はあるが、日向に出会った女性も、そういった状態を示すことが多かった。軽い症状で留まるならいいが、ときどき倒れたり、稀《まれ》に失神する女性もいるから困る。

今回の女性は、過剰行動に出たか。

頭の中で考えながら、久保は面倒ごとにならないように注意を払う。

日向のためなら、女性たちがなりふり構わなくなるケースを何度も見てきた。女性二人の表情は、鬼神《きじん》のごとし。それでも綺麗だなと久保は呑気《のんき》に思う。

予期せぬ事態に、大男は戸惑っている様子だった。

——世の中、やっぱり顔なのかなぁ……。

久保が空しくなっていると、顔を赤くしている日向と目が合った。かなり強く首を絞められているようだ。

「く、久保さん！　こいつ、杉並《すぎなみ》の住宅の……」

日向の言葉に、久保は大男の顔を確認し、一ヵ月前に起きた強盗事件を思い出す。

資産家の家に押し入ったグループ。大半は逮捕したものの、リーダー格の男だけは逃亡していた。たしかに、人相や身体特徴が一致している。

「警察だ！」

久保が叫ぶと、目を見張った大男は逃げだそうとする。久保が手を伸ばして肩を掴むが、酒のせいで足の踏ん張りがきかずに振りほどかれる。

まずい。逃げられる。

そう思った瞬間、女性の一人が大男に足をひっかけ、大男が転びそうになる。

「待ってよ！　謝れ！」

女性は、日向に謝れと言いたいのだろう。

なんだかなと思いつつ、久保は大男に追いつき、一本背負いをして動きを封じることに成功した。ただ、バランスを崩して腕を強打してしまう。

「痛《い》てぇ……」

久保が腕をさすっていると、女性の声が聞こえてきた。

「だ、大丈夫ですかぁ？」

「痛くないですか？　私の家、近いので手当てしましょうか？　いえ、是非来てください！」

二人の女性の声は、日向に向けられていた。日向を挟むようにして肩を貸している。一人なんか、日向の胸に手を当てて心配そうな顔を向けていた。明らかな過剰行動。でも、本人たちはそれに気付かない。日向によって思考が麻痺《まひ》したのだろう。

地面に倒れている大男と、腕を痛めた久保のことは、完全無視。

「つたく……とりあえず逮捕」

久保は、捜査報告書をどう書くかと考えつつ、犯人の身柄を引き渡したら、飲み直そうと思った。そして、明日は花でも買って自分を慰めよう。

第一話　科学者

捜査報告書

二〇二一年一月十三日午前十一時頃、東京都墨田《すみだ》区亀沢《かめざわ》二丁目の湯屋葵《ゆやあおい》において発生した殺人事件を捜査した結果は、次の通りであるから報告する。

1

アルコールが原因の頭痛に悩まされながら、久保は桜田門《さくらだもん》にある警視庁に出勤した。酒が抜け切れていないのか、やけに身体が重く、冬なのに汗が出た。腹を指で押す。誤って柔軟剤を腰回りにこぼしたのかと勘繰ってしまうような感触。少し太ったという可能性を意識して排除し、アルコールが残っているせいだと思うことにした。

捜査一課が入るフロアに足を踏み入れる。ビルの中でもっとも熱気のあるエリア。捜査一課は、内部では細かく組織が分かれており、殺人を扱う強行犯捜査だけでも七係あった。表だって対立したりはしないが、それぞれの係には特色があり、対抗心もないわけではない。

この部屋は、空席が多い。殺人事件が発生し、所轄の警察署に捜査本部が設置されれば、当番の係が割り当てられる。そして、事件を解決するか捜査本部が解散されるまでは、基本的には自席に寄りつくことはない。

久保は、隅っこに追いやられるように設置されている机へと向かう。すでに日向は出勤していた。

「おはようございます」

立ち上がった日向は、わざわざ近づいてきて笑顔で挨拶してくる。酒による影響は一切見られない。しっかりと頭を下げてきた。折り目正しいというか、生真面目というか。

「遅くまで付き合わせて悪かったな」

鞄を机の上に放り、椅子に座る。昨日は、逮捕した大男を別の警官に引き渡してから、食安商店の自販機で缶チューハイを三本空けた。同じ本数を、日向も飲んでいる。無理やり付き合わせたせいで、帰るときにはふらふらになっていた。

それなのに、翌日にはリカバーしている。

「いえ、大丈夫です。楽しかったです。本当に」

当の本人は、まったく意に介していないようだ。そして、本当に楽しかったのだろう。顔を綻《ほころ》ばせる。

日向は久保に懐《なつ》いていた。そして、その理由が、イケメンだからという理由で日向を妬《ねた》まないからだと久保は推測していた。いや、心の奥底では妬みまくっているが、それを顔に出さなかった。顔がいいからって苛《いじ》めたら、自分が負けだと考えていた。本人から直接聞いたわけではないが、日向はずっと妬み嫉《そね》みに曝《さら》されてきたようだ。久保は、そういった感情を向けてこない最初の人だと、以前酒を飲んだときに言っていた。それ自体が自慢話だろと思った久保だったが、日向の苦労を慮《おもんぱか》るくらいの想像力は持ち合わせている。

久保は、アルコールの臭いが残る息を吐いた。

正直、男と二人で長々と飲むのは本意ではない。昨日だって、普通なら早々に切り上げるシチュエーションだ。それなのに、日向と飲むと途端に長っ尻《ながちり》になってしまう。理由は分からないが、話していて心地が良いのだ。

昨日の逮捕劇のせいかどうかは分からないが、肩がやけに痛かった。机の引き出しから筋肉痛のときに使うニューアンメルツヨコヨコAを取り出し、縦に塗る。こういった小さな反抗心が、日々のストレスを軽減するのだ。

日向はすでに仕事を始めていた。先日解決した捜査の資料をまとめているようだ。まだ仕事をする気が起きないなと思い、何気なく目を転じると、廊下に女性職員が三人立っていた。こちらに視線を向けている。いや、正確には、日向の横顔を凝視していた。目が血走っている。

いつもの光景。

彼女たちが消えても、別の女性職員が入れ替わり立ち替わりやってくる。声をかけることは一切ない。そして、たまに日向が振り向こうものなら、一目散に逃げていく。それはもう、風のごとく。脱兎《だっと》のごとく。

日向は、警視庁で一種のパワースポットと化していた。霊験《れいげん》あらたかな人だと一部で話題になっており、即効性の御利益《ごりやく》があるともっぱらの噂だ。日向を見た次の日に生き別れの兄に出会えたとか、体重が三キログラム減ったとか、五歳若返ったとか、世界に愛が満ちあふれたといった証言がある。なかには、日向の周りには自然と美しい花が咲き誇るとか、日向の近くでＷｉ－Ｆｉが繋がったと言い張る人もいるらしい。

嘘とか本当とか、そういうレベルではない。

御利益を賜《たまわ》るためか、Ｗｉ－Ｆｉを繋ぎに来るためかは不明だが、各署の女性職員が警視庁にやってくると、必ず日向を探しにくる。

日向を視界に捉えた女性職員たちは、大体はうっとりとしたような、恍惚《こうこつ》とした表情を浮かべているが、目を合わせてしまって血圧が急上昇して死にかけた人もいるとかいないとか。稀に、拝んでいる女性職員もいる。日向を神かなにかと勘違いしているのだろう。

日向の前に賽銭《さいせん》箱でも置いておけば、結構稼げるかもしれない。

くだらないことを久保は考えながら、面倒な殺人事件が起きないでほしいと願っていると、背後に殺気を感じる。振り向くと、むさ苦しい大男が立っていた。眉間に皺が寄っている。半年前に捜査一課に着任になった男で、久保の一つ上。名前は覚えていない。男の名前を覚えるほど暇ではないのだ。容姿がゴリラそのものなので、ゴリラでいいだろう。ゴリラ刑事《デカ》。

「事件だぞ。管理官が予備班を連れてこいとのことだ。事件発生は昨日だ」

まるで親の敵《かたき》でもあるかのような視線を久保に向けたゴリラは、日向には少し優しい眼差しになる。

「郷原《ごうはら》さんの係の担当事件ですか。よろしくお願いします！」

立ち上がった日向が頭を下げる。日向は体育会系ではなく、どちらかといえば文化系だが、礼儀正しい。

「まぁ、お前の手を煩《わずら》わせずに、本流のこっちで解決するつもりだ」

見た目ゴリラの郷原が憎まれ口のようなことを叩《たた》くが、悪意はなさそうだ。本流。メインストリーム。つまり、主軸の捜査本部ということかと久保は勝手に解釈する。

それよりも、ゴリラと郷原か。〝ゴ〟と〝ラ〟が当たっていた。惜しかったなと久保は悔しくなる。

「じゃあ、俺は先に行くから」

郷原は、現時点で判明している事件概要を日向に手渡し、久保を睨んでから去っていった。

なにか郷原に対して酷《ひど》いことでも言ったのだろうかと考えるが、そんな記憶はなかった。まぁ、男に嫌われても問題はないと思いつつ、久保も立ち上がった。そして、顔を日向に向ける。

「それじゃ、行こうか」

自分でも呑気すぎる口調だなと思いつつ、桜田門を後にした。

2

進むべき方向を誤ったのだろうかという後悔が常に頭の中に鎮座していた。

姫城典子《ひめぎのりこ》は、息継ぎをする。

どこで間違ったのか。そんなこと、自問するまでもない。大学院に進学したのが道を踏み外した原因だ。こうして教壇に立っていると、自分が迷子になっているのだと感じてしまう。道に迷ったイメージが、常に頭の片隅に蹲《うずくま》っている。明るい兆しはまったくない。

気を取り直した姫城は、口を動かす。

「持続可能な開発目標という言葉を聞いた人もいるかと思います。一般的に〝SDGs〟と言われるものです。貧困をなくし、環境を保護し、すべての人が平和と豊かさを手に入れるための指針で、最近では〝SDGs〟を取り上げる企業も散見されるようになりました。

　さて、環境経済学という学問ですが、二つの持続可能性の観点があります。一つは〝強い持続可能性〟です。これは、経済成長には最適な規模というものがあり、森林や海などの自然資本の制約を超えて成長することは不可能という考え方です」

　弱気を掻《か》き消そうと声を張ろうとするが、上手くいかなかった。

　びっしりと文字が書かれたノートから視線を外し、顔を上げる。

　いつもどおり、聞いている人は誰もいない。

　自分は、いったいなにをやっているのか。

　何度考えたか分からない疑問を振り払う。給料を得るために、大きな独り言を呟《つぶや》いているのだと思うことにする。

「……もう一つは〝弱い持続可能性〟で、自然資本は福祉の決定要因の一つであり、自然資本というものは、ほかの人工資本などで代替可能であるという考え方です。これは、従来の経済学の考え方に近い主張です」

　発せられた言葉は、虚空《こくう》を彷徨《さまよ》い、床に落ちる。誰からも拾われることなく、朽《く》ちていく様が見えるようだった。

　疲労し、摩耗《まもう》しているなと自覚しつつ、言葉を吐き出す。説明を続けようとしたところで、終わりを告げるチャイムが鳴る。

「えっと、それでは、今日の講義を終わります」

姫城が言い終わらないうちに、学生たちは席を立って教室から出ていってしまう。苦痛から解放されたような晴れ晴れとした表情。羨《うらや》ましく思う。講義という灰色の空間から一歩出れば、彼らには色とりどりの世界が待っているのだろう。

予定していた講義内容の二割ほどが消化できなかった。時間に追われて授業のスケジュールを上手く組めていないなと自戒しつつ、単に情熱が失われて投げやりになっているのかもしれないとも考える。

おそらく、後者が本当の理由だろう。

講義をしても、学生は話を聞かないで寝ているか騒いでいる。講義の終わりに珍しく前にやってくる学生もいるが、彼らは質問ではなくデートの誘いをしてくる。嬉しくもなんともない。男なんてどうでもよかった。男と付き合いたいという気力もないし、興味も薄れている。

東応《とうおう》大学の大学院に在籍している姫城は、環境経済学研究科の博士課程を専攻しつつ、非常勤講師をしていた。忙しいわりには薄給だった。講師のほかにも生活を維持するためにアルバイトをしつつ、博士論文の執筆をしている。金銭面でも、時間的にも余裕のない日々に心を磨《す》り減らしていた。

「……疲れたな」

小さく呟いてから、教壇に散らかる資料をまとめて教室を後にした。

階段を降り、一階にある控え室に入る。三人ほどの講師が資料を眺めたり、ノートに書き込みをしていた。専任教授は個室が割り当てられるが、非常勤講師は大部屋に押し込まれる。大きなテーブルと、並べられた椅子。それだけの簡素な空間。

この部屋に、情熱や活気が充満することはない。講師たちは皆、疲れているように見えた。

一番手前の空いている席に座り、今日の教材を見直す。少し、詰め込みすぎたかもしれない。詳しい内容は削除して、表面だけ取《と》り繕《つくろ》おう。文字の上に線を入れる。費やした成果が消えていく。むなしくなった。

作業を終えてから、C棟にある研究室に向かった。

A棟にある講義室からC棟に行くには、一度外に出る必要がある。今日はあいにくの雨だったので、傘を差さなければならなかった。

十六時を過ぎた頃なのに、もう夜のように暗かった。

エスカレーターで降り外に出て、なるべく屋根のあるところを通りつつ、C棟に向かった。

講義室が集中しているA棟と、食堂や図書室のあるB棟は改築して新しくなっているが、C棟は古いままだった。巨大地震が発生したら、間違いなくC棟から崩れるだろう。

一機しかないエレベーターはいつも混雑しているので、階段で五階まで上った。いい運動になる。

環境経済学研究科の研究室は無人だった。研究室といっても、人文や社会学科分野の研究室は、書籍を収納する本棚と机とパソコンがあるくらいだった。

誰もいない空間から、灰色の空を眺める。雨は勢いを増しており、雨音が大きくなっていた。

今朝の天気予報で、低気圧が迫っていると言っていた。夜中には嵐になるという。気が滅入る。

本棚から、博士論文に使えそうな資料を探そうと試みるが、目が滑《すべ》って文字が読み取れなかった。

本の背表紙を指でなぞりながら、目的の本を探す。

「お、姫城さん。いたんだ」

背後から聞こえてきた声に、鳥肌が立つ。

無意識に歪《ゆが》んだ表情を、意識して戻しながら振り返った。

「……水野《みずの》教授、お疲れ様です」

軽く頭を下げる。極力視界に水野の姿を入れたくなかったが、一対一だと目を逸らすわけにもいかない。

「雨、すごいねぇ」痩身《そうしん》の水野は、豊かな髪を手でかき上げた。年齢に似合わぬ、気障《きざ》ったらしい仕草。

「講義が終わった頃、かな」

「はい。これから帰るところです」

本当は少し作業をしてから帰ろうと思っていたが、水野がいるなら早く帰るべきだろう。二人きりでいるのは危険だ。

「えー、帰っちゃうんだ」

少し甘えたような声。

うんざりするが、顔に出ないよう細心の注意を払う。

「僕の講義は午前中で終わったから、暇で暇で。あ、せっかくだから、ご飯でも食べに行こうか？」

「あ、えっと、家に用意してあるので大丈夫です」

自然な調子で断るが、そんなことで身を引くような男ではない。

「え？　でも、一人暮らしでしょ？　別にいいじゃん。新宿《しんじゅく》にいい鉄板焼きの店があるからさ。タクシー呼ぶよ？」

本人は爽《さわ》やかな笑みだと思っているのだろうが、姫城から見たら悪魔の顔である。

水野は六十歳近くだったが、かなり若々しい容姿をしていた。教授としての実績もあり、大学の重鎮としての地位を築いていた。

ただ、悪癖があった。

それは、今も自分が現役だと思い込み、女子学生に手を出そうとすることだ。

しかも、自分が担当している環境経済学研究科に所属する院生だけが毒牙の対象のようだった。つまり、姫城は狙われる立場にある。

「……いえ、本当に大丈夫です。少し前から、お腹の調子も悪いので」

その言葉に、水野の視線が姫城の腹のあたりに向けられる。そして、近づいてくる。

「大丈夫？」

声と共に、水野が手を伸ばしてくるような気がした姫城は、机に置いていたバッグを摑み、頭を下げた。

「だ、大丈夫です。失礼します」

水野がなにか言葉を発するが、聞こえないふりをして研究室を後にした。

階段を駆け下り、外に出る。

傘を忘れたが、戻るのが億劫《おっくう》だった。雨の中、駆け足で駅へと向かう。

雨が髪を湿らせ、頰を水滴が流れる。自分が泣いているような気がした。本当に泣いていたのかもしれない。

文京区白山《ぶんきょうくはくさん》にある大学から、自宅の最寄り駅である錦糸町《きんしちょう》駅までは電車で三十分ほどかかった。汗と雨とで、全身がぐっしょりと濡れていた。

途中、パンプスの片方のヒールが取れる。転びそうになること三回。ようやく家に辿《たど》り着いた。

惨《みじ》めな思いを抱えつつシャワーを浴びた。部屋着に着替え、ベッドに横になる。食欲がなかったので、晩ご飯は抜くことにする。

袋小路に迷い込んでしまった自分を哀れに思った。

大学院に進学したのが間違いだった。いや、考えたくはないが、厳密には、指導教官であった教授が病気で亡くなってから、すべてが悪い方向へと進んでいった。

指導教官が亡くなるということは、一大事だ。博士課程に進んだ場合、専攻している分野のことを理解している教授の指導を受けながら博士論文を執筆する。何年も費やさなければならない論文は、当然高い専門性が求められ、専門知識を持つ指導教官の知識が大きな助力となるが、その教官が突然いなくなった。そして、代わりにやってきた教官が専門外だったので、モチベーションが下がってしまった。そのことが原因かは分からないが、先日の投稿論文が却下《リジェクト》された。今まで、一度も却下されたことがなかったのでショックだった。研究者は、学会などに発表することで実績を積み上げる。学会誌に掲載されるのも業績の一つとなるので、博士論文を執筆する傍《かたわ》ら、自分の所属する学会の専門誌に投稿し、数人の査読者から講評を貰い、学会誌に載せるだけの価値があると認められれば誌面を飾ることができる。査読の担当者は専任教授が多いが、現在専任の査読者は博士号を持たない者も少なくない。つまり、査読をされた経験のない人に査読されるのだ。

そんな人に自分の論文が却下されたのが不満で仕方がなかった。不満を通り越し、悔《くや》しくて泣けてくる。

ただ、却下された理由はなんとなく分かっていた。

情熱を失っているという自覚があった。

指導教官が水野になってからは、博士論文も進まず、読む文献の量も格段に減った。投稿論文が却下されたときは査読者を恨んだが、考えてみると、かなり投げやりな論文だったと思う。

このまま、大学院に残っていていいのだろうかと自問する。

気分を紛らわせたくて、リモコンを手に取ってテレビをつける。ワイドショー的なニュース番組をやっており、自称天才編集者が、フリーライターの女性に不当な関係を迫ったことが暴露されたという話題で盛り上がっていた。

嫌な話だ。

余計に気が滅入るなと思っていると、メールを受信したことを告げる音が鳴った。スマートフォンを手に取って画面を確認する。水野からだった。

〝お疲れ様です。調子がいいときで構わないので、今度二人で食事に行きましょう。鉄板焼きで〟。

自分の未来は閉ざされたのかもしれないと、ひしひしと感じた。

翌日。

姫城は電車に乗って両国駅《りょうごく》で降りる。五分ほど歩き、〝湯屋葵〟と書かれた暖簾《のれん》を通り過ぎて、従業員用の扉から建物内に入る。

　週三日、生活費を稼ぐためにここでアルバイトをしていた。求人サイトを検索していて見つけた仕事だった。去年開業したばかりの温泉施設。館内はとても綺麗で良い香りがする。時給は高くはなかったが、従業員割引価格で施設内にある食事処でご飯を食べることができるし、なにより、館内の利用が無料という特典がありがたかった。湯屋葵には、コワーキングスペースが併設されていたので、行き詰まったときにはここで論文を書き、疲れを癒やすために温泉に浸《つ》かる。

　開店前準備をし、簡単な掃除と点検を済ませた。

　オープンの八時から、朝風呂に入る客が続々と来店する。温泉に入るだけの客もいれば、コワーキングスペースだけを利用する客も少なくなかった。

　九時頃に一度客足が落ち着く。長時間の利用者がほとんどなので、十二時過ぎまでは帰る客はめったにいない。昼過ぎ頃から忙しくなるが、午前中は比較的ゆったりとした時間が流れていた。

　ここでの仕事は気に入っていた。与えられた仕事を淡々とこなせばいい。ほかのアルバイト従業員とも気が合った。

　一月ほど前に、社長から社員登用の話もあった。環境経済学の勉強を続けたいと考えていたが、このままここに就職してもいいなと半ば本気で思った。

今後の自分の生活を憂慮する。

大学院博士課程を修了した人の就職率は、おおむね六九・八％だった。十四・二％は非正規雇用だ。専任教授になれる見込みは低く、無事に博士課程を修了しても、しばらくは非常勤講師をする必要がある。専任教授になれば年収は六百万円以上になり、年間研究費も百万円前後使える。それに対し、非常勤講師の年収は二百万円で研究費なし。文献の購入費やコピー代も自腹だ。非常勤講師をしながら専任教授の道を模索しても、そうそう空きは出ない。今はポストドクトラルフェローという任期付きの博士研究員という枠もあり、採用された場合、年収は四百万円から五百万円ほどになるが、任期は長くて三年ぐらいだ。

博士課程に進んだ目的は金を稼ぐことではないが、金がなければ生活できない。最短で博士課程を修了したとして、年齢は二十七歳。新卒というには年を食いすぎていて、就職には不利だ。現に、博士号を取得済みの無職者は一万人を超えており、博士号を取得見込みの人間はその数倍になる。

笑えない状況だった。

ため息を吐いた姫城は、やはり湯屋葵に就職してもいいかなと思う。社員になれば、生活できるくらいの稼ぎを得ることができる。環境も悪くないし、社長も少し変わっているけれど、いい人だった。環境経済学を学び、それを活用して地球を守りたいという気高《けだか》い志は、自分の生活を守らなければならないという現実に押し潰されそうだった。

〝できる限り高貴な生活を送りながら世界を救う〟

フランスの経済学者であるジャック・アタリの言葉が、頭の中をぐるぐると回る。自分の生活が成り立たない人間に、他者を助ける余裕はない。

備品の確認を終えた姫城は、顔を上げて歩き出したが、すぐに立ち止まり、目を見張った。

腰にバスタオルを巻いた、顔面蒼白の男がこちらに向かってくる。その形相から、ただ事ではない雰囲気が伝わってきた。

「どうされたんですか」

姫城が訊ねると、男は両腕を大きく開き、それをバタバタと動かす。飛ぼうともがく飛べない鳥のようだ。

「ひ、人がひんで！」

「え？」

慌てた男が声にならない声を発する。

「人が死んでるんだ！」

唾《つば》を飛ばしながら言う男の言葉の意味が、姫城には理解できなかった。

3

警視庁本部庁舎を出た久保は、物陰に身を潜《ひそ》めている女性の気配に気付く。

二人、いや、五人はいる。

彼女たちは、いわゆる日向の出待ちだ。決して日向に近づくことも、声をかけてくることもない。静かに、ひっそりと気配を消して、日向を待っている。

基本的には近づいてこないが、前に受験生が現れて、日向のお陰で偏差値が六十五になったとお礼を言ってきた。当然、日向はなにもしていない。ほかにも、美大生が日向の顔を描いて日展に入賞したらしい。これも、もちろん日向は協力していない。今、どこかの美術館に描かれた日向の絵が飾られているのだろうか。

出待ちくらいは、まだいい。過去には日向のストーカーもいた。刑事をストーキングするなんて前代未聞のことだが、そのせいで、日向は頻繁に帰宅経路などを変えていたということだった。普通に犯罪だから対応しろと久保は助言したものの、日向は困った顔で、実害はないですからと答えただけだった。

いや、実害はあるだろ。

実害と言えば、バレンタインの時期も大変だったなと久保は思い出す。

本部庁舎には、昨年、大量のチョコレートが届けられた。すべて、日向宛てだった。郵送以外にも、さまざまな手段が講じられた。辻斬《つじぎ》りのようにチョコレートを渡してきたり、ドローンを使ったケースもあった。

後にバレンタインデーの本部庁舎の有様はチョコレートの祭典と呼ばれ、パリで開かれるサロン・デュ・ショコラに匹敵する規模だと陰口を叩かれた。

ちなみに、ホワイトデーも大変なことになった。本人は渡していないのに、勝手にお返しがくるのは日向くらいのものだろう。

結局、もらったチョコやクッキーなどを捨てるわけにもいかず、同僚たちが手分けして食べる。その結果、バレンタインデーとホワイトデーの後は、職員の体重が平均で一キログラム増えたという。

体重増加は久保も例外ではなかった。貰うチョコは高級なものが多く、今ではショコラティエにも詳しくなってしまった。

ピエール・マルコリーニ。

ピエール・エルメ。

ピエール・ルドン。

三兄弟だと思っていたが、そうではないと知った。

どう考えても三兄弟だろ。

理不尽だと久保は考えつつ、ビル風に目を細めながら歩いていると、目の前からやってきた女性が日向を見て突然倒れた。

──またか。

ため息を漏らした久保は、女性に駆け寄る。

「大丈夫ですか」

「あ、は、はい……」

意識はあるようだ。

「馬鹿、近づくな！」

片膝を地面につけている久保は、近寄ってくる日向を止め、道端に伏せている女性を支える。三十代くらいだろうか。

「あの、息が苦しいようでしたら応急用の酸素吸入器を持っていますよ」

背後から日向が言う。振り向くと、リュックサックから酸素吸入器を取り出しているところだった。

「お前は医者か」

ツッコミを入れる。日向は、こういったときに対処する道具をリュックに入れていた。

「意識が混濁しているようなら、スメリングソルトもありますが……」

「だからお前は医者か。ってスメリングソルトってなんだよ」

「あ、えっと、気付け薬です。臭いがきついので意識が覚醒するんです。アメリカンフットボールのＮＦＬで結構使用されていて……」

「……とりあえずしまっておけ。そして、近づくな」

久保は言い、女性に向き直る。

「救急車を呼びますか？」

声をかけた女性の呼吸は乱れていた。強い感情ストレスに起因する、血管迷走神経性反射。要するに、イケメンを見てショック状態に陥り、一時的に脳全体の血流が低下したのだ。失神ではなく、目眩《めまい》で留まったのは幸いだ。

久保は日向と予備班で仕事をし始めてから、こういった場面に遭遇することが多かったので、ときどき参考書を読んで原因を調べていた。ただの興味本位で。

「救急車、呼びましょうか」

もう一度訊ねる。

「い、いえ……」

首を横に振った女性が、ちらりと日向を見る。すると、再び苦しそうに胸の辺りに手を当てた。

日向の顔が原因で、いつか、人に怪我《けが》をさせるだろう。イケメンというのは、あらゆる意味で罪作りだなと思う。

「あぁ……かっこいい……握手を……せめてもう一度だけでも謁見《えっけん》を……」

言語に乱れはあるが、大事には至らなそうだなと久保は判断する。

女性は再び日向を見ようとしたので、身体で遮《さえぎ》った。

「……もう大丈夫そうですね。今後、あいつを見ないようにして生きてください」

自分でも意味不明なアドバイスだなと思いつつ、久保は女性から離れる。

「お前、フェイスマスクでもして歩けよ」

「え……マスクですか……」

「そうだよ。ハロウィンのときにノリで買ったジェイソンマスクなら家にあるぞ。あとはゾンビマスクとガイ・フォークスのマスクがある。好きなものを選べ」

「……ずいぶんラインナップがありますね」

久保の提案を、日向は真剣に検討しているようだった。やがて、口を開く。

「実は、マスクはすでに試したんですが、僕、敏感肌なので皮膚が痒《かゆ》くなったり赤くなったりするんです。あ、マスクっていうのは、普通の口だけを覆うマスクですよ。痒みを堪《こら》えて付けていたんですけど、マスクをしても効果がなかったので、結局、止めてしまいました……」

マスクをしても効果がない？

久保は、日向の鼻から下を手で覆ってみる。

たしかに、目だけでも十分だ。まったくイケメン度合いが薄まらない。次に、目だけを隠してみる。評価は変わらず。ついでに顔全体を見えないようにする。立ち姿がイケメン。最後に、目を瞑《つぶ》ってみる。あ、絶対にイケメンがいるなという強烈なオーラが肌を刺す。

なんだよ、それ。

「……くそっ、行くぞ」

苛立《いらだ》ちを覚えつつ言い、歩調を早めた。

臨場したのは、両国駅から徒歩で五分ほどの場所にある湯屋葵という銭湯だった。銭湯といっても、コワーキングスペースや、食事処、リラクゼーション施設などが入っており、丸一日滞在できそうだった。

建物は閉鎖され、一般利用客はいない状態だった。すれ違うのは警察関係者と、湯屋葵に勤務する従業員たちだ。

足の裏で畳の感触を確かめながら二階に上がり、男湯の暖簾をくぐる。

遺体はすでに回収され、現場検証も終えたのか、鑑識の姿もない。予備班が現場に呼ばれる場合は、大抵遺体が回収された後だった。

警視庁捜査一課予備班は、その名のとおり、予備としての機能を担っていた。基本的に、捜査本部の指揮は管理官が行う。捜査方針を決め、その方向に向かって人員を投入する。捜査は鮮度が命だ。時とともに目撃者の記憶は薄れていき、証拠品は風化していく。時間をかければ、犯人が逃げてしまう恐れがある。早期解決するために、捜査方針は絞られ、有限の人員が動く。

しかし、その捜査方針が誤っていることに気付いた場合、それまで費やした時間が無駄になってしまう可能性がある。現に、当初の捜査方針に固執した結果、解決まで予想以上の時間を要したケースもあった。

捜査が長引けば、金銭的にも人員的にも負担が増える。

そこで、予備班というチームが作られた。

予備班は、捜査本部の方針に従う必要がないため、定期的に実施される会議に出席する義務もなく、独自の視点で捜査することを許されている。

自由な発想で捜査をして、証拠を集め、聞き込みをし、捜査本部の方針が間違っているようだったら正す。そういった動きを疎《うと》む刑事も少なくないが、お上が決めたことなので逆らうことはできない。

ただ、事件捜査の本流はあくまで捜査本部で、予備班は本流の粗探《あら》しをするという立ち位置だった。先に捜査本部が走り出し、その後ろを追いつつ別の視点で事件を考察し、見逃しや間違いがないかを確認する。粗探しのためには、捜査本部が事件の概要を把握し、遺体を確認し、動き出さなければならない。

予備班が遅れてスタートするのは、理にかなっている。

本心では、実際にこの目で遺体を確認したいところだが、その機会はほとんど巡ってこなかった。大抵は、遺体安置所で対面するが、遺体確認の必要がなければ写真ですませる。

久保は足カバーで足を覆い、規制線を越える。水気のある床で滑りそうになるのを堪えて、先に進んだ。どうやら遺体は室内ではなく、屋外の露天風呂で発見されたようだ。

湯屋葵の男子用露天風呂は二ヵ所あり、一つはなんの変哲もない露天風呂だった。事件現場はもう一つの露天風呂だ。

扉を開けた久保は、顔をしかめる。強烈な臭いが鼻をついた。

湯船は、緑色の湯で満たされていた。

「これは、薬草湯ですね」

特に意に介していない様子の日向が告げる。

「いや、それは分かるが……うえ、なんだこれ」

不気味な緑色をした湯には、大きな巾着《きんちゃく》袋が浮いていた。おそらく、薬草が入っているのだろう。

「まぁ、刺殺された遺体が浮いていたということは、湯に被害者の大量の血が混じっていますから。変な臭いになるのは仕方ないですね」

日向の指摘に久保は納得する。

妙な薬草と血液が混じった湯か。巾着袋から出たと思われる薬草のようなものが湯にたゆたっているのが気持ち悪い。早く湯を抜いてしまえばいいのにと思ったが、犯行現場なので、基本的にはこのまま保存されるのだろう。僅《わず》かに血の臭いがするが、もしかしたら含鉄泉《がんてつせん》の湯なのかもしれない。

周囲に視線を向ける。

露天風呂といっても、天井がないだけで、周囲は壁で囲まれていた。開放感はないが、屋根がないという意味では露天なのだろう。

「今日はどうします？　捜査本部に寄りますか？」

日向が訊ねてきたので、久保は首を横に振った。

「いや、明日でいい」

急ぐ必要はない。

捜査本部の捜査方針が間違っていないかどうかを別視点で確認するのが予備班の役割だ。方針が定まらなければ動けないし、捜査本部がすぐに犯人を見つけられれば、予備班が動く必要はない。もう少し時間を置いてから行くのがいい。

「第一発見者はどんな奴だ？」

本庁で郷原から事件概要を受け取った日向は、電車の中で内容を確認していた。

「多田亮平《ただりょうへい》という男性です。墨田区にある食品商社で営業をしていて、普段は外回りをしているようなのですが、アポイントメントまで時間があるときは、この施設を利用して事務仕事などをしていたようです」

たしかに、ここはコワーキングスペースを売りにしているらしく、まるでベンチャー企業のオフィスのような空間があった。

「今のところ、第一発見者と被害者との接点はなさそうです」日向が続ける。「証言によると、朝一の見積書の作成を終えて、気分転換に風呂に入ろうとしたようです。午前中の時間帯は浴室も空いているらしく、狙い目で、その中でも薬草湯は臭いがきついので、ほとんど入る人がいないとのことです」

普段からあの臭いなら、確かに入る人は少ないだろうなと久保は思う。

すでに事件概要を記憶しているらしい日向は、すらすらと淀《よど》みなく説明する。

「多田さんはよくここを利用するそうですが、被害者とは面識がないそうです。被害者を見た記憶はあるかもしれないものの、記憶は曖昧だと証言しています。まぁ、たとえ男湯で会っていたとしても、まじまじと見るようなことはしないですからね。捜査本部は、第一発見者を特別疑ってはいないようで、重要参考人にはしていません」

日向の言うとおりだと久保は思う。

たしかに、温泉に行ったときなど、他の客に注目することはない。久保自身、温泉を利用しているときは他人から意識的に視線を逸らす。被害者は鋭利な刃物で刺殺されていた。手に持っているタオルに刃物を隠していても、誰も気付かないかもしれないなと思う。

第一発見者が犯人であるというケースはある。しかし、捜査本部が重要参考人ではないと考えているということは、疑わしいところはないのだろう。殺人事件が発生した場合、第一発見者には重点的に証言を取るが、その役目は本流である捜査本部の人員が負う。予備班の出る幕はない。必要性があるなら話を聞きに行くつもりだが、ひとまず、捜査本部の見解を信じることにする。

「利用客の中に、怪しい奴は？」

犯行現場が露天風呂ということは、男の利用客が犯人だろう。従業員という可能性もあるが、浴室内に服を着た従業員がいたら目立つはずだ。

「今のところ、怪しい人間はいないようです。被害者は心臓部分を貫かれて絶命しています。凶器は、背中まで貫通していました。ただ、使われた凶器は見つかっていません」

久保は唸《うな》る。

小型のナイフならタオルに隠すことができただろう。しかし、背中を貫通させるほどのものを隠すことができるのだろうか。いや、タオルの持ち方によっては可能かもしれない。

「防犯カメラはどうなんだ？」

「建物の出入り口にカメラが設置されていますが、館内にはありません。当然、凶器を持っている人物は映っていなかったようです。それと、凶器ですが、普通の刃物を使ったわけではなさそうなんです」

「……普通の刃物じゃないって、どういうことだ」

眉間の皺を深めて訊ねた久保は、すぐに思い当たる。

「金属探知機か」

建物に入る際、受付エリアの手前にゲート型の金属探知機が置いてあり、どうしてこんな場所に金属探知機があるのか不思議だった。

日向は頷《うなず》く。

「金属探知機がある理由についても、事件概要の中に書かれていました。この施設の社長が、海外で起こった銃乱射事件が日本で起きないか心配し、海外からの観光客も多いからという理由で設置したらしいです。先ほどネットで検索して確認したのですが、安価なものなら二百万円ほどで買えるみたいです」

二百万円で買えるといっても、温泉施設に金属探知機は必要ないだろうと思う。

「探知機が検知アラームを出せば、従業員が必ず確認するようにしていたらしいです。ただ、危険物以外の金属に反応してしまうことも多かったらしく、近く撤去する予定だとありました」

説明を聞いた久保は腕を組んだ。

セラミック包丁なら、金属探知機が反応することはない。ただ、重さがないので殺傷能力は低く、背中を貫通させるのは無理だ。

「刃の形状は？」

「それについては、科捜研に確認中のようですが、傷口がかなり粗く、凶器は特定できそうにないということでした」

殺傷痕から凶器を特定するのは難しい。真っ直ぐに刺して、真っ直ぐに引き抜けば別だが、大抵は手元がぶれる。力を込めれば、手が震えるし、角度も変わってしまう。

凶器が見つかっていないので、おそらく犯人が持ち去ったのだろう。

「もう一つ厄介なことがあるんです」日向の表情は険しい。

「被害者が殺された時間帯ですが、犯行時刻前後に入館した人はいたんです。ただ、退館した人はいなかったようです。その上、通報を受けた警察が急行して、任意の持ち物検査をしたのですが、凶器は発見されませんでした。誰も、凶器を持っていなかったんです」

犯行時刻前後に、人が外に出た形跡がない。つまり、犯人は施設内にいたということだ。

「……本当か？　見逃したんじゃないのか？」

「それはない」

声のほうを向くと、郷原が立っていた。かなり不機嫌そうだ。

「俺が、すべての検査に立ち会った。それだけじゃなく、館内のあらゆる箇所を捜索した」

「全員の持ち物検査をしたんですか？」

久保の問いに、郷原は自信を持って頷く。

「殺人現場に居合わせたのだから、全員が容疑者だ」

「協力を拒んだ人は？」

「嫌な顔をした奴はいたが、そういった奴には、警察署でじっくり取り調べをしたり、職場や学校に押しかけてやると暗に脅《おど》した」

暗にというより、もろに脅しだ。

「従業員通用口にも防犯カメラはあるんでしょうか」

日向の問いに、郷原は頷く。

「すべての出入り口に付いている。遺体があった薬草湯を利用した客の大体の時間と、検視で判明した死亡推定時刻がわかった。間違いなく、犯行時刻前後に館内を出た人間はいない。客も、従業員も」

「持ち物検査で、本当に凶器は見つからなかったんですか」

久保が訊ねると、郷原は凄みのある顔を向けてくる。やはり、なにか悪いことでもしたのだろうか。まったく記憶にない。

「……手抜かりはない。館内にあるレストランで使われている包丁や、アイスピックから血液反応は出なかった。少し洗ったくらいじゃ反応は消えない。無くなっているものはないかと従業員に確認したが、すべてあった。館内にある刃物は使われていない」

「それじゃあ、どうやって被害者は……」

郷原に睨まれたので、久保は口を噤《つぐ》んで、低く唸った。郷原が断言するのなら、間違いなさそうだ。

ただ、にわかには信じがたい。

郷原の言葉どおりならば、誰も凶器を持ち込まず、館内にある刃物も使わずに被害者を刺し殺したことになる。しかも、貫通するほどに。

凶器が消える。そんなことがあってたまるか。

立ち去っていく郷原の筋骨隆々とした背中を見送りつつ、凶器を使わずに人を刺し殺すことができるのだろうかと考えていると、視界の端に、和風の制服を着た女性が目に入る。

かなり好みの容姿をしていた。

背筋を伸ばし、女性に近づく。

「すみません。ちょっと聞きたいことがあるのですが」

久保は、少しだけ声のトーンを落として話しかけた。そして、柔和で親しみやすいが、有能だということがどうしても滲《にじ》み出てしまうような表情を浮かべる。鏡の前で何度も練習したキメ顔。

「な、なんでしょうか」

目を見開いた女性は、慌てた調子で返事をした。警戒しているのか、両手を胸の辺りに押し当てていた。

「ここの従業員の方ですよね。遺体が見つかったとき、どこにいましたか？」

「え……？」

動揺を見せる。

「いえいえ、別に疑っているわけではありませんよ。皆さんに聞いていることですから、深く考えないでください」

女性は少し躊躇した後、薄くて血色の良い唇を動かす。

「……えっと、最初に死体を見つけた方が私に知らせてくれて、それで、男湯に行って確認しました」

「つまり、第二発見者ということですね？」

第二発見者などという言葉はないが、さもそれが重要な事実であるかのような調子で告げる。

「た、たぶん……そうだと思います」

困惑した様子で頷く。

「なにか気付いたことはありませんか。たとえば、いつもあるものがなかったり、逆に、いつもないものがあったりとか」

少し顔を寄せて訊ねる。

女性は、当時のことを思いだそうとするかのように眉間に皺を寄せながら難しい顔をするが、なにも思いつかなかったのか首を横に振る。

「……いえ、なにも……」

特に期待はしていなかった。普通、遺体を見たら気が動転して冷静に観察などできるはずがない。ゴリラが目の前を横切っても気付かないかもしれない。

それでも、久保は残念そうな表情を浮かべる。

「そうですか……実は、第二発見者というのは非常に重要なんです。現場を荒らされていない状況で、第一発見者よりもほんの少しだけ客観的に物事を見ることのできる立場。しかも、事件現場に勤めているということは、些細《ささい》なことを無意識に捉えている可能性が高いんです。あまり知られていないですが」

そんなことを言っている人は誰もいなかったが、さも事実であるかのように告げる。このくらいの嘘は可愛いものだと久保は自分を納得させる。

「……そうなんですか」

真偽を確かめる術のない女性は、真剣な面持《おもも》ちで頷いた。

「ちなみに、お名前は？」

手帳を出して、なるべく自然に訊ねる。

「姫城典子です」

「ヒメギ……どんな字ですか」

ペンを渡し、手帳に書かせる。姫城。顔の造形が整っているのに、他を寄せ付けない雰囲気を持っている、この女性に合っていると思った。

「良い名前ですね」日向が感心するような声を出し、久保の隣に立つ。

「鹿児島のご出身ですか」

「あ、はい」

そう答えた姫城は、日向の顔を見て硬直する。女性が日向を見たときの反応の代表例の一つだ。思考停止に陥るか、動転するケースが多い。たまに、逃げ出す女性もいる。

「そうですか。以前鹿児島旅行に行ったときに、霧島《きりしま》市国分《こくぶ》姫城にある稲荷《いなり》神社に寄ったことがあるんです。厄除けで有名だって噂を聞いたので」

「え？　あ、なんでしょうか」

姫城が素っ頓狂な声を発する。日向は、同じ内容を繰り返す。

「……あ、その神社の近くに父の実家があるんです」

姫城が驚いた様子で答える。

「そうなんですか？　もしかして、神社の南側にある蕎麦屋《そば》も知っていますか？」

「そこ、親戚の店です！　嘘じゃありません！」

声が大きくなる。舞い上がっているのは明らかだった。

「へぇ、偶然ですねぇ。蕎麦、非常に美味しかったです」

「こ、今度会ったときに伝えておきます！　東京の刑事さんが褒めていたって」

「また機会があれば伺いますとも、お伝えください」

日向と姫城が盛り上がっているのを、久保は咳払いでかき消す。そして、勝手に盛り上がっているんじゃねぇという視線を日向だけに向け、身体をくの字に曲げた。

「アイタタタタ……」

久保は胃のあたりを押さえる。

「ど、どうしたんですか？」

日向が本気で心配そうな顔になる。単純な奴だと思いつつ、久保は口元を歪める。

「いや、急に胃痛が……ほら、空腹だと胃液が胃の粘膜を傷つけるっていうだろ……」

姫城に聞こえないように囁いた久保の言葉に、日向は目をしばたたかせる。

「え……お腹が空いたんですか」

「そ、そうだ。腹が減って、胃が痛くなってきたんだよ。なんでもいいから、ちょっと買ってきてくれないか？　俺、胃腸が弱くて」

「わ、分かりました！」

「あんパンでいいから。外のコンビニで」

「あんパンですね……分かりました！」

健気《けなげ》に頷いた日向が離れていった。日向は久保を慕っている。それを逆手に取った作戦だ。純朴な奴め。

笑みを浮かべながら後ろ姿を見送った久保は背筋を伸ばし、姫城に向き直って柔和な視線を送る。

「もう少しお話、よろしいですか」

「あの、すみません。ちょっと社長に呼ばれているもので……」

「社長には私から言っておきます」

さっきは日向と談笑していたではないかという不平を口から出さないよう努める。

口輪筋がぴくぴく痙攣《けいれん》した。

「でも……なんか慌てているみたいだったので」

「……そうですか」

姫城の言葉に、久保は落胆したが、すぐに回復する。めげない心。それが刑事の心。思いどおりにいかないから、人生は楽しい。

「あ、それでは携帯の番号を教えていただいてもいいでしょうか」

「……携帯ですか」

少し警戒するかのように眉間に皺を寄せた。

――下心を読まれたな。

久保は思いつつ、下心を押し隠すように満面の笑みを浮かべる。

「なにかあれば連絡させてください」

手帳に番号を書く姫城。やや俯《うつむ》いた横顔が綺麗だった。

「ありがとうございます。こちら、私の名刺です。携帯番号を書いておきますので、少しでも気になったり、この件で気分が滅入ることがあれば気軽に電話してください」

手帳とペンを受け取り、代わりに名刺を渡しつつ、自分が一番魅力的に見えるであろう笑みを浮かべた。

携帯に連絡があれば、二人で食事をする流れになるかもしれないと淡い期待を抱く。

高校時代までラグビー部の活動ばかりしていた久保は、当時はあまりパッとしなかったが、大学に入って時間に余裕ができてから、自分はそれなりにモテる容姿だということに気付いた。人並みに青春を謳歌《おうか》しつつ、大学四年生のときに彼女と出会い、そのまま結婚するとばかり思っていた。しかし、久保が警察官に任官されてから一方的に別れを告げられた。ＩＴ企業の会社員に乗り換えたという噂だった。それ以降、ＩＴ企業の会社員は大嫌いになったし、女性と付き合ってはいない。いや、何人かとデートに行くことはあったが、仕事に忙殺され、結局は自然消滅してしまった。

予備班に配属になってようやく時間ができたので、俗に言う恋活《こいかつ》を始めようと決意したのだ。

そうはいっても、誰でもいいというわけではない。

「では、よろしくお願いします」

手帳を胸ポケットにしまい、久保が言う。

姫城は会釈《えしやく》してから、立ち去っていった。

やがて、あんパンを買ってきた日向が戻ってくる。久保はそれを頬張った後、昼食を挟んでから、しばらく館内にいる従業員に話を聞いた。しかし、有力な情報を得ることはできなかった。また、館内にある食事処やバー、リラクゼーション施設を見て回って凶器になりそうなものはないかと確認したが、それも見つけることができなかった。

捜査一課と所轄の捜査員が、血眼《ちまなこ》になって探しているのだ。人員二人の予備班にできることは限られている。

「どうします？」

廊下に備え付けられた椅子に腰掛けた日向が訊ねてくる。

「そうだな……」

腕時計を見る。十八時を過ぎていた。

「飲みに行こう」

そう言って立ち上がり、出口へと向かった。仕事の合間に酒を飲んでいるのか、酒の合間に仕事をしているのか、最近分からなくなってきた。

両国駅からＪＲ総武《そうぶ》線に乗り、秋葉原《あきはばら》駅でＪＲ山手《やまのて》線に乗り換えて新橋に降り立った。烏森口《からすもりぐち》から歩いてすぐの場所にある雑居ビルの二階にバー〝スピリッツ〟はあった。

久保が店内に入ると、マスターとアルバイトの荒川史乃《あらかわふみの》がいた。客の姿はない。

「いらっしゃいませ」

マスターが控えめな声を発する。いつもの、少し戸惑ったような表情。どんなに親しくなっても、三秒以上視線を合わせない。最初は不思議だったが、今では慣れた。マスターいわく、人見知りらしい。

久保と日向は、カウンターの一番手前のスツールに腰掛ける。

「史乃ちゃん、今日は早くない？」

いつもなら、二十時頃に来ているはずだ。久保の問いに、史乃は目を細める。

「今日は午後の講義が休みだったので早く来ちゃいました」

笑みを浮かべたときの大きく開く口が魅力的だった。

史乃は、二十歳《はたち》の誕生日を迎えてすぐに〝スピリッツ〟でアルバイトを始めたらしい。新橋のオーセンティックバーで女子大生がアルバイトをするというイメージが湧かなかったが、本人は特になんの考えも抵抗もなく応募したという。

壁に取り付けられたテレビ画面には、『ベスト・キッド』が無音で流れていた。

「勉強、大変そうだね」

詳しくは聞いていないが、史乃は医療系の大学に通っているらしい。久保は経済学部で遊び呆けていたので、大変さは分からなかったが、話を聞くかぎり、常に試験に追われている印象だった。

久保が〝スピリッツ〟をよく利用するのは、ここがシガーバーだからだ。ずいぶん前に煙草《たばこ》は止《や》めたものの、葉巻はここでときどき吸っていた。嗜好《しこう》品である葉巻は高額だったが、ここでは比較的リーズナブルに吸うことができる。

「モンテクリストのホイタスを」

いつも吸っている銘柄を告げる。アレクサンドル・デュマが書いた『モンテクリスト伯』にちなんで名前を付けられたもの。復讐もので、久保は読もうと本を買ってはいるが、あまりに長いので本棚の肥やしになっている。ホイタスは一般的な葉巻に比べて細身だが、吸い心地が良かった。

史乃に葉巻のカッティングと火付けを任せる。それを見ながら、若さというのは良いなと久保は思う。史乃は美人だ。ただ、十五歳も離れていると気後れしてしまう。そのせいか、特に気取らずにいられるので楽だった。

葉巻の準備ができて、一吸いする。ナッツの風味が落ち着く。口が、ここは天国だと思っていることだろう。

視線が合った史乃が、慌てた様子で目を逸らす。顔になにかついているのだろうかと思った久保は、左手で顔を擦った。

特になにも付いていないようだと確認を終えつつ、久保は不思議に思う。女性は、例外なく日向を見て平常心を失う。もちろん、程度の差はあるが、なにかしらの過剰反応を示す。

ただ、史乃は日向に対して冷静だ。

極度の近眼なのだろうか。

「僕はジョン・コリンズを」

日向は、いつものカクテルを注文する。バーに行くと、日向はいつもこのカクテルを飲んでいた。砂糖を使った飲みやすいカクテル。

マスターがシェーカーを振るのを見ながら、つまみを何品か頼む。

「さっきの、妙な事件だったな」

口から煙を吐いた久保が呟く。

ほかに客がいない場合、このバーで事件の話をすることは少なくなかった。もちろん、漏れてはいけない情報を口にすることはなかったが、けっこう際どい話もする。そのときは、マスターや史乃は意識して遠ざかり、聞かないようにしてくれる。その好意に甘え、打ち合わせ室のように使っていた。

「犯人を捜すというよりも、凶器を探したほうが真相に近づける気がします」

「そうだな」

日向の言うとおりだ。

凶器が存在しなければ、たとえ容疑者を絞り込んでも犯行を立証できない。どうやって殺したのか分からなければ、検察も起訴できない。まさか手刀や超能力とするわけにもいかない。まずは、どうして凶器が消えたのかを調べる必要があるだろう。

「なにか、見立てはあるか？」

その問いに、日向は腕を組んで考え込んだ。

「……今のところ、思いつかないですね。久保さんはどうですか？」

「さっぱりだ」

そう答えたところで、二人の女性客が入ってきたので、話を中断する。シガーバーに訪れる女性客はそれほど多くない。スピリッツを出会いの場として利用しているわけではないが、こういったシチュエーションになったら話は別だ。

案の定、日向を見た二人の女性客のうちの一人は驚きで咳《せ》き込んで苦しがり、もう一人は動揺のあまり体勢を崩して転びそうになっている。そして転ぶ。吉本新喜劇かと内心でツッコミを入れつつ、久保は戦闘モードになった。

出会いは、戦いなのだ。それは、テレビの動物番組を見ていると如実に分かることだ。ときには蝶《ちょう》のように舞って蜂《はち》のように刺してライバルを蹴落《けお》とし、フンボルトペンギン並みに恋ダンスをして、アルパカのように格好をつけ、ハシビロコウのように丁寧にお辞儀をして愛を獲得するものだ。

店内では、フランク・シナトラの『夜のストレンジャー』が流れていた。

ドゥビドゥビドゥ。

その歌声を聞きながら、〝存在は行動なり《トゥー・ビー・イズ・トゥー・ドゥー》〟だと、モテる男に関するハウツー本に書いてあったのを思い出す。いや、〝行動は存在なり《トゥー・ドゥー・イズ・トゥー・ビー》〟だっただろうか。

翌朝。

久保と日向は本所《ほんじょ》警察署に設置された捜査本部に立ち寄り、昨日までに収集された捜査資料を確認した。被害者の経歴や、犯行時刻に湯屋葵にいたすべての人物の素性が判明していた。

短時間で完璧に調査された資料に、久保は内心で感嘆する。

捜査本部には、殺人捜査の精鋭たちのほかにも、さまざまな人員が投入される。そして、初動で被害者や周辺人物の情報を網羅し、容疑者の洗い出しをする。

今回の事件は、犯行時刻に、施設内にいたすべての人物が判明している。被害者を除き、三十三人。しかし、容疑者は浮かび上がっておらず、いまも凶器は不明のままだった。

捜査資料を読み込んでから、久保は漫画喫茶に行って仮眠を取ることにした。昨晩は酒を飲み過ぎ、二日酔いで気分が悪かった。地べたで眠って、棺桶《かんおけ》の中で目を覚ましたような気分。今朝は、家のトイレの便器の前で片膝をついて蹲り、酒の神に礼拝しなければならなかった。

ただ、たとえ相棒でもそのことを正直に告げることは躊躇《ためら》われた。別行動をしようという久保の提案に、日向はなんの疑いも持たずに頷いた。

そして日向は、いろいろと凶器の可能性を調べてみると久保に言って、頭を下げた。

4

目を擦った姫城は、手で口元を隠しながら大きな欠伸《あくび》をした。

ここ数日、熟睡とはほど遠い睡眠しか取れていなかった。

殺人の遺体を見たのは初めてだった。しっかりと確認したわけではない。血が混じった湯がいつもと違う色になっていたことと、うつ伏せに浮かんでいた男の背中が赤くなっていたことだけを視界に入れて、あとは目を逸らしてしまった。

ただ、それだけでも十分衝撃を受けた。その日以降、寝付きが悪くなり、慢性的な寝不足に陥っていた。

もう一度欠伸をしてから、作業に戻る。墨田区にある図書館の自習スペースで、博士論文に必要な資料を読んでいた。

今日は担当する講義もないので、大学には行かなくていい。ただ、家にいると息が詰まったので、図書館で作業をすることにした。

事件の件や、投稿論文が却下された件、そして、指導教官である水野からのデートの誘いなどの波状攻撃で、精神的に参っていた。

最近、悪いことばかりだ。良いことなんて、一つもない。

そう思ったが、一つだけ良いことがあったことに気付く。

先日、アルバイト先の湯屋葵で刑事から事情聴取を受けた際、一人の刑事と故郷の鹿児島の話ができたのは嬉しかった。稲荷神社では子供の頃に駆け回って遊んでいたし、親戚の蕎麦屋のおじさんのことも好きだった。土と草の匂い。都会に来て思ったが、実家の近くで吹く風の薫りは、甘く、豊潤《ほうじゅん》なのだ。懐かしく、恋しい。

今更田舎《いなか》に帰ってもどうしようもないと考えつつ、郷愁で胸が詰まるような苦しさを覚える。

名刺を貰ったのは久保という刑事だけだったが、もう一人の刑事の名前はなんだろう。驚くほどのイケメン。頭を殴られたような衝撃とは、あのときのことを言うのだろうなと思いつつ、舞い上がってしまっていた自分を思い出し、消え入りたくなった。声が上擦り、言動も変になっていた気がする。忘れたい記憶だ。

左手の薬指に指輪ははめられていなかった。彼女はいるのだろうか。いや、あの顔なら女性が放っておくわけがない。

そこまで考えて、首を横に振る。あんなに格好いいのだ。自分が恋愛対象になるわけがない。

そういえば、大学二年生の頃に彼氏と別れてから今まで、一人で過ごしていた。勉強が楽しくて、それ以外のことをする余裕がなかった。彼氏と別れた理由も、勉強の邪魔になるからだった。

男なんて邪魔だ。ずっとそう思って生活していたが、鹿児島の話をしたあのイケメンの刑事に心をかき乱されている。

思考を切り替え、必要と思われる文献を数冊借りた姫城は、自転車で家に戻る。インスタントの袋ラーメンを食べてから、再び外に出た。

今日は午後からアルバイト先に行かなければならなかった。

電車で両国駅に行き、湯屋葵の紫色の暖簾をくぐる。

受付カウンターの手前に設置されている金属探知機は、いつ見ても違和感があった。社長が、廃業した知り合いの古物商から安く買い取ったらしい。かなりの高性能で、よく発報していた。そのせいでスタッフによる確認作業に時間がかかっていたので、近く撤去されるとのことだった。

金属探知機を通り、奥にあるスタッフ控え室に向かおうとしたが足が止まった。目の前に、社長と話している刑事の姿があった。あのイケメン刑事だった。顔が火照り、汗が噴き出る。そして、そんな反応をしたことに対し、我ながら可笑《おか》しくなってしまった。

「あ、姫城さん。おつかれ」

社長が手を上げて声をかけてくる。社長はついこの前まで相撲部屋に所属していたのではないかと疑ってしまうような容姿をしていた。髷《まげ》こそ結っていなかったが、縦にも横にも大きい。毎日ちゃんこを食べているという噂もあった。

隣で手帳を広げていた刑事は、軽く会釈をする。目が合ったので、姫城は咄嗟《とっさ》に視線を逸らし、会釈を返した。

まだ事件は解決していないのだから、刑事がいるのは想定内だった。この刑事がいるかもという期待も密かにしていた。しかし、実際に会ってみると、軽い混乱状態に陥ってしまった。

その結果、逃げ出した。自然と、そうなった。

「ちょ、ちょっと姫城さん!?」

社長の声に我に返った姫城は、足を止めて、すごすごと戻る。

男に対する抵抗力がなくなっているなと自嘲《じちょう》しつつ、せめてもっとしっかりと化粧をしてくれればよかったと後悔した。

「忙しいのにごめんね」社長は眉間の皺を深めながら言う。

「刑事さんたちに協力してほしいんだ」

「も、もちろん、大丈夫です」

刑事と視線を合わせないように頷く。

遺体が発見されてから三日が過ぎていたが、営業再開の目処《めど》は立っていなかった。

昨晩、社長から従業員に対してメールが送られてきた。事件が解決すれば、営業再開を早めることができる。そのため、全面的に警察の捜査に協力してほしいということだった。

姫城は、もちろん協力するとすぐに返信した。社長のメールによると、警察に協力している間は時給が発生するということだったし、湯屋葵が再開してくれなければ生活費に困る。

そして、今日の午後から来てほしいと連絡があり、こうしてやってきた。社長は早期解決を切に望んでいたため、館内は事件当時のままになっていた。被害者が見つかった薬草湯も、湯を抜かずにそのままにしてあるらしかった。

「えっと、姫城さんでしたね。第二発見者の」

「そ、そうです」

ぎこちない返事をしつつ頷く。

「あ、僕は刑事の日向と申します」

そう言って名刺を差し出される。僅かに震える手で受け取る。日向創《そう》。良い名前だなと思いつつ、呼吸が苦しくなった。

顔を合わすことができない。自分の初心《うぶ》な反応に戸惑いを覚える。

度を超したイケメンに面食らい、自分の感情が暴走しているのを意識する。姫城は、これまで一目惚れなんてしたことがなかった。

どことなく、中学生の頃に好きだった先輩に似ている気もするが、それはこじつけだろう。こんなイケメンが人生に関わったことはない。

——抱きつきたい。

情欲に似た衝動を覚えた自分を恥ずかしく思い、顔を伏せる。

「座って話しましょう」

「え？」

話を聞いていなかった。

「座って、話してもいいでしょうか」

ゆっくりとした口調で、日向が提案してくる。

「わ、分かりました」

廊下の隅にあるソファーに姫城は座り、隣に日向が腰掛けた。面と向かって話さなくていい状態になったので、安心だった。あのまま対峙していたら、自分がなにをしでかすか分からなかった。

呼吸を整え、平常心になるよう努める。

「……今日は、もう一人の刑事さんはいないんですか。刑事って、二人で行動するんですよね？」

発した質問の無意味さに、姫城は自分自身を馬鹿らしく思う。

「今日は、久保さんとは別行動です。二人で行動する件、よくご存じですね」

「あ、いえ、この前観《み》ていたドラマで言っていたので……」

半端な知識を披露したのが恥ずかしかった。ただ、どうやら日向はそんなふうには思っていないらしい。

「最近の刑事ドラマはよく出来ていますからね。制作する際、警察ＯＢが協力したりするみたいですよ。それでも、話の都合上、事実とは違うことを描いたりもしていますが」

「刑事さんも、刑事ドラマを観たりするんですか」

その問いに、日向は微笑《ほほえ》む。それを視界に収めてしまった姫城は、胸に手を当てて顔を逸らした。汗が止まらない。覚《さと》られないか心配になった。

「もちろんです。本も読みますし、映画も観ます。観ながら、僕もあんな刑事になれたらなぁって思ったりもします」

日向がテレビ画面を見ながらそう考えている様子を想像して、少し笑ってしまう。

「話が逸れました」頭を掻いた日向が続ける。

「お時間は取らせませんので、ご協力をお願いします」

話が逸れたままでいいのにと思いつつ、姫城は姿勢を正した。

「こちらで姫城さんが仕事をされていたとき、男湯から多田さん……第一発見者の方が出てこられて、浴槽に遺体があったことを知らせてきたんですよね。正確には、午前十一時頃です。間違いありませんね」

「はい。間違いありません」

湯屋葵のスタッフは、基本的には決まった時間に決まった行動を取る。そうやって館内の運営をしていたので、時間は常に確認していた。

「そうですか。声をかけられる前に、普段と違ったことなどはありませんでしたか」

「……特に、なかったと思います」

遺体を見て以降、何度も考えてみたが、変わったところはなにもなかった。人も、施設内も。

視界の端で、日向が頷いたのが分かった。

「実際に遺体を確認したときも、なにか妙だと思ったことはありませんでしたか」

「……人が死んでいたので驚いてしまって、周囲を確認する余裕がありませんでした」

「まぁ、そうですよねぇ。遺体があったら、びっくりしますよね、普通。僕も警察に入って初めて遺体を見たときは、捜査手順とかが全部飛んでしまいましたから。平常心ではいられなくなって、意味不明なことを口走っていたようです」

「そういうものなんですね」

「僕の場合はですよ。いや、小説とかで読んでいた刑事のようにはいかないものだなと思い知らされました」

はにかんだ日向。姫城の鼓動が高鳴る。心臓が耳元にあるのではないかと思うほどだった。このまま血圧が上がり続けて死んでしまうのではないかと本気で不安になってきた。

「あ、被害者は、この方です」

バストアップの写真を見せられる。

「……見覚えがあるような、ないような感じです」

正直なところ、おじさんはどれも同じに見えた。興味のない対象については、区別する努力をしない。

このことは、初日にやってきた刑事にも聞かれていた。ゴリラのような強面《こわもて》の刑事。

「そうですか……」

写真をしまった日向は、次に手帳を開いた。

沈黙。

会話が終わってしまう空気を察した姫城は、慌てて口を開いた。もっと、話していたかった。

「あの……凶器はまだ発見されていないんですか」

従業員の間では、この話題で持ちきりだった。職場で殺人があったのだ。当然といえば当然だろう。

消えた凶器について、いろいろな憶測が飛び交っていたが、どれも現実味のないものだった。

「見つかっていません。施設内にある鋭利なものはすべて確認しましたが、凶器として使われたものはありませんでした。ご存じのとおり、出入り口には金属探知機が設置されています。従業員用の通用口はありますが、すべてに防犯カメラが設置してあり、犯行時刻前後にはここを出られた方はいませんでした。

犯行当時にここにいらっしゃった全員の持ち物や、施設内、そしてゴミ箱の中まで調べましたが、凶器は見つかりませんでした。つまり、誰も凶器を持ち込んでいないし、持ち出してもいないんです」

「……それでも、刺し殺されたんですよね」

消えた凶器。ドラマのタイトルになりそうだなと考える。

「なにか、凶器になりそうなものはありませんかね」

適度な距離を保ちつつ、日向が覗き込んでくる。姫城は、顔が熱くなるのを意識しつつ、首を横に振った。

「……いえ、とくには思いつきません」

「僕はですね。凶器は文字どおり消えてしまったのではないかと考えているんです」

重大な秘密を告げるかのように、日向は声のトーンを落とした。

「……消えた？」

「そうです」日向は目を細める。

「被害者を刺殺してから、凶器を消す。そうすれば、見つからないのも頷けます」

「でも、どうやって……」

消える凶器など、存在するのだろうか。

「少し考えてみたんです。どうして、犯人はわざわざ入浴中に刺殺するようなことをしたのでしょうか。状況から、衝動的犯行とは思えません。つまり、必然的に選ばれた場所ということです。そこで、入浴中に殺すことが、犯人にとってはメリットになったのではないかと考えたんです。犯行現場は、まさにお湯の中。つまり、凶器はお湯によって消えてなくなるものなのではないかと。たとえば、えーっと……」

「氷、とか」

姫城の発言に、日向は目を見開いてから、同意するように頷いた。

「たしかに。たとえば、ナイフ状にした氷を使って被害者を殺したのかもしれません。でも、実際は難しいでしょうね。氷には、人を刺し殺すような強度はありません。ただ、なにかしら方法はないか……」

「……氷、できますよ。氷で、人を刺せるかもしれません」

その言葉に、日向は怪訝《けげん》な表情を浮かべる。

「ですが、被害者が胸部に受けた傷は背中まで貫通していました。氷では、それは無理だと思うんですが」

「……絶対とは言えませんが、氷でも、できます。パイクリートなら」

5

翌日。

久保は欠伸をかみ殺して、湯屋葵の暖簾をくぐる。営業を停止しているので客の姿はなかったが、従業員や捜査員の姿は散見された。事件の早期解決を望んでいる社長は、時給を出して従業員を集め、捜査協力をお願いしているらしい。現場の状況もそのままで、早期解決を強く望んでいることが窺《うかが》えた。事件が解決すれば、たしかに営業再開は早まるだろう。ただ、時給を出してまで協力を依頼するケースは聞いたことがなかった。捜査員が社長に聞いた話では、湯屋葵を両国という土地に構えるのは長年の夢だったらしい。殺人事件が発生して悲嘆に暮れていたのも半日ほどで、それ以降は積極的に捜査協力をしているという。

再び、大きな欠伸をした久保は、目尻に涙がたまったので親指で拭《ぬぐ》う。昨晩は、なかなか寝付くことができなかった。それもこれも、日向が妙な連絡を入れたからだ。

――凶器が分かったかもしれません。

声を弾ませる日向の口調は、確信を孕《はら》んだものだった。

――氷を使って刺殺したんです。それで、凶器は湯で溶けて消えたんですよ。

氷？

馬鹿も休み休み言え。氷で人が殺せるわけがない。

率直にそう指摘すると、日向は詳しいことは直接説明しますからと言ってきた。そして久保は、日向の言葉を確かめるためにやってきたのだ。

先に到着していた日向が、二階にあるレストランのテーブルに案内する。

そこには、従業員の姫城もいた。そのことに一瞬喜びを覚えたが、すぐに顔をしかめる。また、日向に好みの女性を取られたのか。いつもこうだ。日向は、いつの間にか久保が狙っていた女性と懇意《こんい》になる。しかも、日向はその状況を個人的に活用するようなことはしない。無駄にモテるだけ。

横取りされたようで悔しいが、なぜか日向を嫌いにはなれなかった。あいつは、嫌味がないのだ。

久保は、それとなく姫城の容姿を観察する。化粧っ気はないが、綺麗だった。素地がいいのだろう。ばっちりと化粧をした女性も好きだが、こういったシンプルな装いの女性も好みだった。

まぁ、姫城が無理なら、友人を紹介してもらおう。「何事も前向きに捉えるプラス思考」こそが、久保の標語だった。

「昨日は中途半端な電話ですみませんでした」

日向は頭を下げる。

昨日の電話で概略を聞いたが、酒を飲んで酔っていたので話が頭に入らず、何度も聞き返しては中断させ、結局直接聞くことになって電話を切った。

「……それで、氷が凶器ってのは、どういうことなんだ。えっと、パニクールだっけ？」

久保はうろ覚えの単語を口にする。

「パイクリートです」

日向が訂正する。

「……それが今回の凶器に関係するんだな」

「はい。詳しくは姫城さんに説明していただきます」

話の主導権を姫城に渡した日向は、一歩後ろに下がった。

「えっと、パイクリートについて、説明させていただきます」姫城が聞き取りやすい声で続ける。

「第二次世界大戦中、イギリスの科学者であるジェフリー・パイクという人物は、鋼《はがね》が不足していたイギリス政府が代用品となるものはないかと検討した際、水と紙やおがくずを混ぜ合わせて作った氷がいいのではないかと考えました。

おがくずや紙といったものを十四パーセント、水が八十六パーセントの重量比で構成された複合材料の氷はパイクリートと呼ばれ、それは、さまざまな物の素材に使えるほどの強度を持ちました。その強度ゆえ、一時は空母の建材候補になったほどです」

姫城の説明を聞いていると、なんとなく大学の講義を聞いているような気分になってきた。

ただ、話がぶっ飛んでいる。

「……空母？　それって、海に浮かぶ船のことですか？」

思わず声に出てしまった。信じられない。

「はい。そうです」

姫城は頷く。

氷が空母の建材になるなんて、想像がつかない。

「ライフルを使った強度の実験で、普通の氷は簡単に破壊されましたが、パイクリートは表面にクレーターを作っただけで銃弾は食い込んで止まりました。これほどの強度があるのならば、人を刺し殺せるナイフを作ることも可能だと思います。水に溶けにくいという性質はありますが、熱い湯に入れれば溶けて消えてしまいますので、使用後に消滅させることもできるのではないでしょうか」

「……本当に、そんなものが作れるんですか」

「資料も揃えてきました」

そう言って手渡された資料は、コピーの束だった。重要な部分に、赤い線が引かれてあった。

空母の建材として検討されるほどのものならば、胴体を貫通させる強度のナイフを作ることは可能だろう。湯で溶けるならば、凶器が発見できないことも頷ける。

「パイクリートでナイフを作ってみようとも思ったんですが、そういう経験がないもので」

姫城は、申しわけなさそうな表情を浮かべる。伏し目がちの女性の顔は、どうしてこうも美しいのだろうかと久保は関係ないことを考え、すぐに仕事モードに切り替える。モテる男は、オンとオフを瞬時に切り替えられるものだという持論があった。

「いや、十分です。ありがとうございます……少し気になったんですが、どうして、そのパイクリートについて知っていたんですか」

生まれてこの方、パイクリートなど聞いたことがなかった。どうして、そんなことを知っているのだろうか。日向は完全な文系だ。つまり、姫城がこのことに気付いたのは間違いない。

姫城は躊躇するような間を置いてから、口を開く。

「実は私、大学に在籍しているんです」

「え、大学生ですか？」

久保は瞬きをする。

「院生です。非常勤講師もしているんですが、生活費を稼ぐためにここでアルバイトをしているんです」

「院生ですか……それで、そのことがパイクリートとどう関係が？」

その指摘に、姫城は顔を赤くする。

「あ、すみません。私、環境経済学を学んでいて……それで、環境を損なわずに経済活動を進展させる方法を調べた時期があったんです。森林の伐採による損失は発生するものの、パイクリートという技術は見直されるべきなのかもしれません。活用場所は限定されますが、それでも木材などの消費量を勘案すれば一考の余地は……あ、すみません」

急に口を噤んだ姫城は、下を向いてしまう。

「いや、大丈夫です。非常に参考になりました」

笑みを浮かべた久保は、日向に向き直る。

「それで、パイクリートが凶器として使われた可能性を示す証拠はあるのか？」

「まだ見つかっていませんが、パイクリートはおがくずや紙といったものを十四パーセント使用しています。もし、温泉で溶かしたのなら、その素材が見つかるはずです。すでに昨日、科捜研に犯行現場の薬草湯を送っています」

そのとき、携帯の着信音が鳴る。スラックスのポケットから携帯電話を取り出した日向は、画面を確認した。

「すみません」

携帯電話を耳に当てながら言い、しばらく会話をして通話を終える。

「科捜研からでした。結果が出たみたいです」

「……結果って、今話していたやつのか？」

当然であるかのような表情を浮かべた日向は頷く。

「薬草湯の成分分析結果です。鑑識も確認していると聞きましたが、結果が出るのが遅いようだったので、別ルートで頼みました」

久保は目を細める。

科捜研に成分分析を依頼し、すぐに対応してくれることなど、ほとんどない。科捜研は、日々仕事に追われている。重大事件なら話は別だが、両国で起きたような事件ならば、後回しにされるのが普通だった。少なくとも、一日では無理だ。

「……科捜研の誰に頼んだんだ？」

「青木《あおき》さんです」

青木優《ゆう》。ベテランの職員だ。

順番待ちをしているほかの検査をすっ飛ばしたに違いない。青木も、日向のことを気に入っているということか。人に好かれることで、仕事を円滑に進める。もしかしたら、日向は意識的にそういった環境作りをしているのかもしれない。

「じゃあ、ちょっと話を聞きにいくか」

「分かりました」そう答えた日向は、姫城に向き直る。

「ありがとうございます。本当に助かりました」

丁寧に頭を下げる。姫城も、同じくらいの深さで頭を下げていた。

警視庁科学捜査研究所は、警察総合庁舎の七階にあった。

理科室を思わせる空間。ここのレイアウトを見るたび、学校の理科室を思い出す。等間隔に並ぶ理科実験台。ただ、並べられた機材は物々しいものばかりだ。なにに使うものなのか想像すらできなかった。

「こんにちは」

日向が声を発すると、何本もの試験管を凝視していた青木優が振り返る。気の良いおばちゃんといった雰囲気。ふくよかな身体の持ち主で、どこかのご当地キャラに見えなくもない。

「あら、いらっしゃい。わざわざ来てもらっちゃって、悪いわねぇ」

「いえいえ、こちらが無理して頼んだことですので。それと、以前お好きだとおっしゃっていた超極甘プリン、買ってきましたので皆さんで食べてください」

その言葉に、部屋の中から控えめな歓声が上がる。

ここに来る途中にケーキ屋に寄りたいと日向が言ったのはこれが目的だったのか。なるほど。こうやって賄賂《わいろ》を渡して便宜を図ってもらっていたのか。

「公務員に手土産を渡すとはなんたることだこの不届き者。コンプライアンス違反で逮捕してやる。それにここがアメリカだったら、ＦＣＰＡ違反で二十五万ドルの罰金だぞ」

久保の言葉に、日向は顔を青くする。

「あ、これくらいはいいと思っていました……すみません」

「別にこれくらい、いいのよぉ。同僚みたいなもんなんだからぁ」

青木が久保に体当たりしてから、日向の手から紙袋を受け取る。

「悪いわねぇ」

ほくほく顔の青木はプリンを確認し、久保に再び体当たりしてから、部屋の隅に置いてある冷蔵庫に入れた。

「まぁ、自腹だし、これくらいはいいけどな」

落ち込んでいる日向の肩を叩き、早く本題に入れと促す。

「あ、薬草湯の成分分析結果はどうだったんでしょうか」

「そうだったわね」

名残惜《なごり》しそうに冷蔵庫から視線を剝《は》がした青木は、実験台の上に置かれてあった書類に目を通した。

「温泉って、知ってはいたけど、いろいろなものが混ざっているのねぇ。ウイキョウ、サンシシ、センキュウなどは、薬草の成分ね。垢《あか》とか体毛とかも、当然混ざっているわ。あとは、いろいろな汚れも。まぁ、不特定多数が入るし、刺殺体も浮いていたから、いろいろと混ざっているのは仕方ないわね。あ、それで、肝心のものも見つかったわよ。トイレットペーパーの繊維が多く出てきたわ」

「……トイレットペーパーということは、パイクリートを作るために使う十四パーセントの紙などに該当しますよね」

「そうね。パイクリートはトイレットペーパーでも作れるみたいだから。それはそうと、よくパイクリートなんて知っていたわねぇ」

　青木は感心したように呟く。

「ちょっと、専門家みたいな方がいらっしゃったので。その方に教えていただきました」

　日向は嬉しそうな表情を浮かべる。まるで自分が褒められたかのような反応だった。

「トイレットペーパーってのは、水につけると繊維同士がほぐれるだけで、完全に消えてなくなるわけじゃないの。だから、こうして大量に見つかった。でも、こちらで分かったのはそれだけ。普通の温泉では考えられないくらいのトイレットペーパーの繊維が見つかったのは間違いないけれど、パイクリートが凶器として使われたのかまでは分からないわ」

「それだけでも十分です。ありがとうございます」

　日向は礼を述べて科捜研を後にしようとしたところで、青木に引き留められる。

「この前旅行に行ったときに買ってきたの。お口に合うといいんだけど」

　そう言った青木は、机の上に置いてあった紙袋を日向に手渡す。瞳が、恋する乙女のように輝いている。

「あ、私も先日実家に帰ったんです！」

科捜研所属の別の女性も手を挙げ、日向に土産《みやげ》を渡していた。それが皮切りとなり、複数の女性が日向に近づいてきた。おのおのが品物を渡し、日向は困った様子で受け取っていた。

「クッキーを作ってみたんです。もしよければ……」

「自家製のポン酢を……」

「編み物の練習をしているんですけど、なにか必要なものは……」

あーあ。

日向がモテるシーンを久保は何度も見てきた。何度見ても嫌な光景だなと思いつつも、前向きに考えることにする。人生には、劣等感というエネルギーが必要なのだ。

久保はフリスクを取り出してタブレット一粒を頬張り、嚙んでから飲み込んだ。

一向に埒《らち》が明かないので、久保は無理やり日向を女性陣から引き剝がし、部屋を後にする。女性からの批難の眼差しを無視する。

「……すみません。助かりました……」

本当に危機から脱したような声色《こわいろ》を出した日向が、礼を述べる。そして、ポケットから絵馬《えま》を取り出し、真剣な表情で握る。

「……お前、また厄除けグッズを買ったのかよ」

小さな絵馬を見ながら久保が訊ねると、日向は頷いた。

「水天宮《すいてんぐう》に行ったときに、建礼門院《けんれいもんいん》は女難除けの御利益があるって聞いたので、とりあえず……」

「でも、絵馬って境内《けいだい》のどこかに引っ掛けてくるだろ、普通」

「掛ける場所が見つからなかったもので……」

「それでも持ち歩かないだろ」

「そうですけど……」

日向は、厄除けや女難除けのお守りなどを大量に集めている。一種の異常行動だ。

「……そんなにモテたくないなら、もっと不潔にしたらどうだ？　ずっと風呂に入らないとか」

「いや、さすがにそれは……ある程度社会性は保っていたいですから……でも、なるべくだらしなく見られるよう努力はしています」

その努力、一切感じ取ることができないけどなと久保は思ったが、黙っておいた。

今さらながら、不思議な相棒だなと久保は思う。

女にモテたくない日向と、女にモテたい久保。できることなら代わってやりたい。

「隙があるからいけないんだ。もっと毅然《きぜん》とした態度でいればいいだろ。俺は女にモテたくないぞっていう毅然とした態度を」

久保は、どんな態度だと内心でツッコミを入れる。

「そうですね……気をつけます。いつも助言、ありがとうございます」感謝の意を示した日向は、言葉を続ける。

「あ、フリスク、少しもらってもいいですか。なんか、口の中が苦くなってしまって」

「え？　これ、強力わかい、強力わかもとだけど？」

久保はフリスクを振り、シャカシャカ音を出しながら答える。

「……強力わかもと、ですか？」

日向は首を傾げる。

「なんだよ。知らないのか。あの、パッケージに〝W〟が書いてある胃腸薬だよ。効き目抜群の」

「胃腸薬……えっ……それ、胃腸薬なんですか」

「そうだよ」フリスクの蓋を開けてみせる。

「中身を入れ替えているんだ」

日向は、明らかに動揺していた。

「……よくフリスクを食べているとは思っていましたけど、胃腸薬だったんですね」

「悪いかよ。フリスクも胃腸薬も似たようなものだろ」

「……いえ」日向は躊躇いつつ、口を開く。

「胃腸薬って、そんなにたくさん飲んでいいんですか？」

「分からないけど、今のところ大丈夫そうだ」

肩をすくめながら答える。ストレスが胃腸にくるタイプなので、久保にとって胃腸薬は心の友だった。

そういえば、予備班に来てから、胃腸薬を飲む量が増えた気がする。

「あまりたくさん飲まないほうが……」

「いいんだよ。俺にとっては、胃腸薬が捜査のパフォーマンスを上げるハイセンスなリフレッシャーなんだよ」

自分でもよく分からないことを言って日向の言葉を遮った久保は、本題に入った。

「それよりも、どうするつもりだ。トイレットペーパーの繊維が見つかっただけで、どうやって捜査するんだ」

先ほどの青木の言うとおりだ。トイレットペーパーの繊維が見つかったのは、事件解決の端緒になり得る発見だ。しかし、まだ犯人に辿り着ける証拠というわけでもない。

日向は久保に視線を合わせた。

「たしかに、これは決定的な証拠ではありませんので、捜査本部にも報告しません。とりあえず、今は犯行時刻に居合わせた人の中で、パイクリートの知識を持っている人がいないかを探ります。幸い、パイクリートというのは一般常識というほど認知されてはいないようなので、それを知っている人がいれば、犯人である可能性は高まります」

「……つまり、従業員の姫城も、容疑者の一人ってわけだな」

その発言に、日向は同意するように頷いた。

JRの錦糸町駅で電車を降り、四ツ目《よつめ》通りを十分ほど歩いたところに、本所警察署はあった。階段で三階まで登り、講堂に入る。

事務方が作業をしている様子を一瞥し、捜査資料が置かれた机に向かった。

二つ並んだ長机の上に、捜査資料のファイルがずらりと並べられている。そのうちの二冊が、事件当時に現場に居合わせた湯屋葵の従業員と客の情報だった。出身から住居所在地と簡単な略歴、湯屋葵の利用頻度《ひんど》までが書かれている。特記事項がある人物も少なからずいたが、あまり役に立ちそうにないなと思いつつ、久保は一冊を日向に渡した。

現場から犯人の痕跡は見つかっておらず、容疑者も浮上していない。重点的に調べる点が見つからず、捜査本部は幅広く面を網羅しようとしているらしかった。捜査本部の方針は定まっていない。そのため、予備班も動きづらかった。

今回見つかったトイレットペーパーの繊維も、犯人へと辿り着けるものなのかは不明だ。

未解決になるかもしれないなと思い、その不吉な考えを振り払う。事件を解決しなければ、被害者だけではなく、事件発生地域にも陰鬱な雰囲気を残すことになる。

久保は資料を一枚ずつめくり、パイクリートを知る立場にいる者はいるかいないかを確認する。そうはいっても、どこを確認すればそんなことが分かるのかは不明だった。ただ、ともかくやるしかない。

「パイクリートの存在を知る人物ですが、科学者とか、もしかしたら建築関係の人かもしれません。建材として検討されたと姫城さんが言っていたので」

「あぁ、たしかに」

日向の言葉に、久保は頷く。

「どうしたんだ？」

野太い声が聞こえてきた。

振り返ると、ゴリラこと郷原が近づいてきていた。ゴリラ似の頂点を決めるオリンピックがあれば、郷原は間違いなく優勝だろう。

「いや、ちょっと調べ物を」

久保は、一応目上の人物には丁寧な調子を心掛けている。

しかし郷原は、お前に聞いているんじゃねぇと言いたげな鋭い視線を投げつけてから、日向に同じ質問を繰り返した。

「現場に居合わせた人物を確認しているんです」

日向は、柔らかな口調で答える。

イケメンな上に人当たりがいい日向は、老若男女から好かれる傾向にある。当然、同僚からも気に入られていた。ただ、刑事というのは、一本筋の通っているような人間を好む傾向がある。物腰が柔らかな人間は馬鹿にされるだけだったが、日向は、主張するときは頑《かたく》なだった。そのことがほかの刑事からは評判だという噂を耳にしたが、女にモテるという点では、目の敵にしている者も多く存在している。別の噂では、日向の名前が書かれた藁《わら》人形が十数体と、呪い殺そうとする呪符《じゅふ》が二十枚ほど見つかったことがあるらしい。日向の机から、ブードゥー人形が出てきたこともあると聞いたことがあった。どれも、根も葉もない噂だろうが、そんなことがあってもおかしくはないと思う。

「人物の確認……その理由は？」

警戒心のこもった口調。

予備班は、捜査本部の動きとはあえて違う視点で事件を追うことが求められている。つまり、予備班の方針が本筋だった場合、捜査本部は出し抜かれる形になる。たかだか二人の予備班に負けるというのは屈辱だろう。

質問の内容を飲み込むように頷いた日向は、口を開く。

「捜査本部では、消えた凶器を探すことよりも、被害者を殺す動機を持つ人間を探すことが最重点課題として挙がっていますよね。そこで、我々予備班は、凶器の行方を追ってみようと考えているんです」

ふむ、と郷原は呟き、腕を組む。

「現場に居合わせた人物のプロフィールを見て、凶器の在処《ありか》が分かるっていうのか」

「まだ暗中模索状態ですが、もしかしたら消える凶器を作れる人物がいるのではないかと思いまして」

「消える凶器？」

郷原は鼻で笑う。

「推理小説の読み過ぎだろ。そんなものはない」

当然の反応だろうなと久保は思う。消える凶器と聞いて、まともに取り合うほうがおかしい。久保自身も最初はそうだった。

「まぁ、予備班はこちらの邪魔をしなければそれでいい」そう言って去って行こうとする郷原の足が止まる。

「そういえば、この前の三木有《みきたもつ》の新作、面白かったぞ」

「あ、僕まだそれ読んでいないんですよ。買ってはいるんですけど」

「今回も強烈だぞ」

そう言い残した郷原は、講堂を出て行った。

背中を見送った久保は、日向に向き直る。

「三木有って、誰だ」

「新本格のミステリー作家です」

「……新本格？」

「密室殺人とか、そんな感じの殺人事件を描いた作品のことです。郷原さんは読書家で、僕も少し読むので、たまに小説の話とかをするんです。三木有は、知る人ぞ知るって感じの作家です」

「あの男と小説の話を？」

「はい」

「……そうか」

よく分からなかったが、久保自身、本を読むのは嫌いではなかったので、今度調べてみようと思う。それにしても、推理小説の読み過ぎだと捨て台詞を吐いていた郷原。どの口が言っているのか。

「しかし、どうしてあいつは俺のことを目の敵にするんだ？　なにか悪いことでもしたのか」

久保の発言に、日向は瞬きを繰り返す。

「……久保さん、覚えていないんですか」

「覚えていないって、なにをだ。なにか知っているのか」

その問いに、日向は逡巡《しゅんじゅん》するような間を開けた。

「……本当に、覚えていないんですか？」

「覚えているもなにも、なにを指しているのか分からない。なんだよ、早く教えろよ」

言いにくいことなのだろう。目を泳がせていた日向だったが、久保が再度詰問《きつもん》した結果、ようやく口を開いた。

「二ヵ月くらい前に、郷原さんの係と事件解決の祝勝会をしたのを覚えていますか。立川《たちかわ》市で起きた通り魔殺人です」

「あぁ、あれか」

当初、被害者と犯人に接点はないとしていたが、実は被害者の親族も関わった複数人による計画的な殺人事件だった。共犯者たちの口裏合わせが巧妙で、真相に辿り着くのに苦労したようだ。あのときの予備班は、特に成果を挙げることがなかった。

「その祝勝会が、どうかしたのか」

「えっと、あの飲み会で久保さんが郷原さんのことを、動物園にいる飼い慣らされたゴリラと呼んで喧嘩《けんか》になったんですよ」

「……そうだったか？」

まったく覚えがなかった。

いや、待てよ。そんな夢を見た記憶があった。あれは夢ではなく、正夢……いや、現実のものだったのか。飼い慣らされたゴリラ。たしかに言ったような気がする。ほかにも、二足歩行ではなくナックルウォーキングをしろと言ったような記憶もなくはない。

我ながら、酷い言いようだと思うが、たしかあのとき、予備班のことを散々けなされて腹が立ったのだ。たぶん、そうだ。

「場を収めるの、結構大変だったんですよ。でも、休み明けに出勤してきた久保さんは平然としていて、変だと思ったんですよね。郷原さんは相変わらず怒っていたので、仲直りをした感じには見えませんでしたから。あのときのこと、覚えていなかったんですね……」

そうか。あれは現実での出来事だったのか。

久保は腕を組む。夢だと思っていた郷原との取っ組み合いのとき、たしか日向を平手で叩いたような気がするが、深掘りするとほかにもなにか出てきそうなので止めておいた。

「すまなかったな……」

る。

「いえ、大丈夫です」

日向は特に気にしていない口ぶりで言い、資料をめくり始めるが、すぐに手を止める。

「……あの、該当者が見つかったかもしれません」

資料を渡され、指を置かれた場所に書かれた文字を読む。

「いけるかもな」

久保は呟く。

たしかに、該当しそうな人物だった。

翌日。

本所警察署の取調室に、久保と日向が入った。

中には、すでに先客がいる。

元田《もとだ》浩介《こうすけ》。年齢は三十七歳。大学の建築学科を卒業し、十年前に博士号を取得している人物だった。

久保が元田に、話を聞きたいから訪問してもいいかと連絡すると、それを拒んだ代わりに、わざわざ警察署に来てくれたということだった。世間体を気にして警察官の来訪を快く思わない人は、一定数いる。

「お待たせしてすみません」

日向が軽く頭を下げる。参考人なので犯人と決まったわけではないが、その丁寧さに久保は違和感を覚えた。ただ、そう指摘するほどのことではない。

「大丈夫です。今日は仕事が休みですから。それより、ここはいわゆる取調室ですか？」

「ここしか空いてなくて。もし気になるようでしたらほかの場所が空くまでお待ちいただいても……」

「いえ、どこでも構いません」

元田は笑みを浮かべる。余裕を感じる対応だった。

久保は目を細め、厄介な相手かもしれないなと思う。警察署の取調室に呼ばれた場合、人はたとえやましいことがなくても動揺したり、時間を取られたことに怒ったりと、なにかしらの感情を表に出す。

しかし、目の前の元田には感情の発露が見られない。まさに、泰然自若《たいぜんじじゃく》としている。こういった相手には、過去に一度だけ対峙したことがある。そのときも通り魔殺人の捜査をしていて、たまたま現場近くの防犯カメラに映っていた人物を取り調べていた。一切動揺を見せない男は、しっかりと質問に受け答えして、不審点も、矛盾点もなかった。取り調べではまったく切り崩せなかったが、結局その男が犯人だった。

久保は、歯を嚙みしめる。

今回の事件の犯人は元田だという確信を持つと同時に、取り調べが難航することが予想された。先入観が多分に含まれており、この時点で断定するのは危険だが、通り魔殺人を犯した男と同じ臭いがする。自分に過剰な自信を抱いた人間特有の不遜さが垣間見えた。

「それで、私が呼ばれた理由を教えていただけますか」

元田から質問してくる。主導権はこちらにあると言いたげな様子だった。

日向の視線を感じながら、久保は口を開く。

「事件があった当時、現場にいたのは間違いありませんか」

「もちろんです。すでに事情聴取で話をしているとおりですよ。しっかりと話したんですけどね。刑事さんが記録し忘れたのか、それともあなたが読み漏らしているのかもしれませんね」

元田は笑みを浮かべたまま、すらすらと答える。

癇《かん》に障《さわ》るなと久保は思いつつ、バインダーに留められた捜査資料を見る。

「えーっと、湯屋葵には、ここ三ヵ月の間に頻繁に行っているということですが……」

「週二回です」

言葉を遮る。むかつく奴だ。

「……週二回ですか。どうして湯屋葵に……」

「それはもちろん、温泉に入るのが心地よいからですよ。それ以外に、温泉施設に行く理由が？　逆に教えてほしいですね」

小馬鹿にするような表情を浮かべる。機会を見つけては、鏡の前に立って、相手を蔑《さげす》む練習でもしているかのような完成度だった。

「どうでしょうかねぇ……」

くそくらえ、というニュアンスを込めて言った久保は、目元が痙攣するのを自覚する。そして、手元の手帳に〝屁理屈コネコネコネ太郎〟と書く。二回。

「湯屋葵以前に、どこかの温泉施設を利用していましたか？」

その問いに、虚を突かれたような表情を浮かべた元田だったが、顔からすぐに掻き消える。

「いくつかの温泉施設を利用しましたが、どこもリピートはしていませんね。ただ、湯屋葵はご存じのとおりです」

「それは、湯屋葵が気に入ったからですか」

「そう考えるのが妥当でしょうね」

久保は下を向き、大きく息を吐いた。

こいつとは合わないと確信する。

そもそも、見た目もむかつく。偉そうな態度が滲み出ている。普通に座っているだけなので、体勢がどうこうではない。全身から、人を見下すような空気を発しているのだ。

十年前に建築学の博士号を取得し、大手建設会社に勤めたものの、二年で退職。その後、中堅不動産開発会社に再就職するも一年で退職し、小さな建築資材製造会社に在籍したのは半年間で、今は、フリーの建築コンサルタントをしているらしい。仕事が長続きしない理由は、おそらく自尊心が高すぎるからだろうと久保は推測した。

元田は小さく舌打ちする。

「それよりも、本題に入っていただけませんか？　先日の事情聴取の内容確認というわけではないんでしょう？」

言い方が気にくわないし、態度もむかつく。

久保は心の中で落ち着けと唱えながら、平静を装った。

「……えっとですね。被害者の方が見つかった温泉の成分検査をしたら、こんなものが出てきました」

三枚の写真を机の上に並べる。すべてに同じものが写っていた。

「……これ、なんですか？」

写真には、白くて細い物体がガラスシャーレに載っていた。ゴミと言って差し支えない形状。

「トイレットペーパーの繊維です」

「……その繊維が、なにか？」

「単刀直入に言います。これが、凶器ではないかと我々は考えています」

「トイレットペーパーが凶器？」

「いいえ、正確には、トイレットペーパーを材料にした凶器です」

「へぇ……でも、刺し殺されていたんですよね？」

久保の言葉に対し、元田は特に驚いた様子を見せない。

「たしかに、被害者の方は刺されていました。パイクリートは知っていますよね？」

捜査資料を見ると、建築学科を卒業したのは、元田だけだった。パイクリートを建材に使うという姫城の言葉から、建築学科ならパイクリートについての知識があるのではないかと推測した。そして、情報収集した結果、元田が院生時代にパイクリートを建材として使うことについての論文を発表していたことが分かった。

元田は、納得するように頷く。

「あぁ、パイクリート。それで強度の高いナイフを作ったということですね」

ここでしらを切るようなぼろを出すほど簡単ではないかと久保は思いつつ、口を開く。

「そうです。それで、パイクリートについて知っている方がいないかと捜査資料を眺めていたら、元田さんに辿り着いたというわけです」

犯人だと考えていると言っているようなものだったが、隠すつもりはなかった。駆け引きでどうこうできる相手ではなさそうだ。

「つまり、私は容疑者になったわけですね」

「いえ、まだ容疑者というわけでは……」

「そう言っているようなものでしょう」

元田はまったく動揺を示さず、むしろ余裕の笑みを浮かべている。

「それで、そのパイクリートが私とどう関係が？　もっと言うと、パイクリートが凶器として使われたとして、私がそれを作ったとでも？　作った証拠でもあるんですか？」

完全に挑発している。そして、犯人ではないと弁解もしない。つまり、追い詰めることが出来ないと高を括《くく》っているのだ。

その後、いくつかの質問をしたが、暖簾に腕押しだった。

久保は、フラストレーションを感じる。普通のフラストレーションではない。アップグレード版の百パーセント倍化されたフラストレーション。

間違いなく元田が犯人だと確信を持つものの、攻めているという実感はまったくなかった。

元田を解放した久保は、日向を伴って捜査本部に向かった。

「どう思った？」

答えを聞くまでもない質問を投げた。

「元田が犯人ですね」日向は当然のように答え、続ける。

「ですが、難航しそうですね」

その意見に久保も同意する。あのやりとりで平静を保っているということは、逮捕できないという絶対の自信を持っているからにほかならない。

犯行現場からは、無数の毛髪が採取され、さまざまなＤＮＡが出ている。元田ののもあったが、温泉施設を利用している人間すべてのＤＮＡが出て当然なので証拠にはならない。

犯人を特定するような物証はなく、あるのはパイクリートが凶器ではないかと推測させるトイレットペーパーの繊維のみだった。

どう攻めればいいのか考えつつ捜査本部が設置された講堂に入った途端、郷原にぶつかりそうになった。

睨みつけてきたので、久保も応じる。売られた喧嘩をいちいち買ってはいられないが、睨み返すくらいのことはする。

酔っ払ってゴリラと呼んだ記憶は曖昧だし、今さら謝るのも変だ。知らないふりを決め込むことにした。

「あ、ちょうど、郷原さんに会いにいくところでした。取り調べが終わったんです」

殺気と殺気の合間を縫うようにして、日向が声を発する。いつもより、心なしか朗《ほが》らかな口調。場を和《なご》ませる声色だった。

「……おお、そうか。どうだった」

久保から顔を引き剝がした郷原は、笑みを浮かべる。その変化の早さに久保は感心しつつ、不意に、ナックルウォーキングをする郷原を想像してしまい、盛大に吹き出したが無視される。

「元田が犯人だと思います」

日向は言い、取り調べの状況を詳細に説明する。

郷原は唇を一文字に結び、聞き入り、説明が終わると顔を歪めた。

「……そうか」唸るような声を出し、続ける。

「つまり、たとえ凶器が特定されたとしても、元田には絶対に捕まらない自信があるということだな」

日向は頷いた。

「凶器がパイクリートで作られていたのならば、すでに溶けてしまって存在しませんので、元田との関連性を見つけることは難しいと思います」

「パイクリートか……消える凶器、厄介だな……解剖の結果からも、それが凶器だと裏付けられるような痕跡は見つけられなかったしな」

難しい顔で呟く。

先日の捜査本部の全体会議でパイクリートの話を日向がしたとき、捜査員の誰もが半信半疑だった。いや、一信九疑、正確には、零信十疑だった。誰もがそう思っていたのは、氷のような素材で作られた凶器で人を殺せるはずがない。火を見るよりも明らかだった。

ただ、工作好きの職員が本所警察署にいたことから、実際にパイクリートを作ってもらうことになり、その職員の夜を徹した作業によって、なかなか上等な凶器を作り出すことができた。身体を貫通させるほどのものにはできなかったが、パイクリートなら刺し殺すことができるかもしれないと思わせるもので、今では半分くらいの捜査員がパイクリート製の凶器の可能性について真剣に考えていた。

「……現状、捜査本部では、元田と被害者の間に接点があるという情報は摑めていない。ただ、なにかしらの殺害動機があるかもしれない。それがあれば、そこから突き崩せる可能性はある。もう少し探ってみるよ」

そう言った郷原は、ひらひらと手を振りながら去って行った。

殺害動機が分かったところで犯人を追い詰められるかは疑問だったが、関係性を明らかにすることで取っ掛かりができるかもしれない。

それに、今もなお、自白というのは事件解決の重要な位置を占めている。物的証拠も重要だが、やはり自白こそが事件を解決する鍵となる。

「……もしかしたら元田は、捕まらない殺人事件を起こすことで、自己顕示欲を満たそうと思っているのかもしれません」

日向が唐突に言う。

「……どういうことだ？」

久保は眉間に皺を寄せた。

「海外ドラマとかでは、よく警察を挑発する知能犯が登場したりしますよね」

「……そうなのか？」

海外ドラマはあまり観なかったので、いまいちピンとこなかった。でも、そんなシチュエーションもあった気がする。

「よく登場しますよ。自分の知性を社会に知らしめるために罪を犯し、警察を翻弄《ほんろう》するんです。絶対に捕まらない自信があって人を殺し、捜査側の人間たちを嘲笑《あざわら》うんです」

嘲笑う知能犯。

ぴったり、元田に当てはまる言葉のように感じた。

日向の言うとおりかもしれない。元田を見ていると、その可能性は十分にあるような気がした。

事実、パイクリートが凶器に使われたとして、それと元田を繋げる証拠は見つかっていなかった。

どうしたら、元田を追い詰めることができるのか。

「先ほどのドラマの話の続きで恐縮ですが」日向が口を開く。「どんなに巧妙な手段で人を殺しても、最後は絶対に捕まります。そうではないドラマも稀にありますが、ほとんどの場合は知能犯が負けます。今回も、きっとそうですよ」

日向は笑みを浮かべる。

つられて、久保も笑う。稀な例に当てはまらない根拠は一切ないものの、日向の言葉には力が宿っていた。

6

姫城は、博士論文に手を付けられない状態になっていた。

まったくといっていいほど、集中力が持続しない。なんとか資料を読むことはできたが、アウトプットをしようとすると、刑事である日向の顔が浮かんでしまう。顔が良すぎて眩《まぶ》しく感じるほどの男。接点は、アルバイト先で起こった殺人事件。姫城は面食いではない。顔が良いという理由で惚れることも今までなかった。ただ、日向という存在がどうしようもなく気になる。なにを見ていても、日向の顔が浮かんでしまう。

先日、鹿児島の話を日向としてから、親戚がやっている店の蕎麦を取り寄せた。日向に渡そうと思ったのだが、渡す勇気はなく、結局自分で食べてしまった。

自分の行動の馬鹿さ加減に呆《あき》れ、ため息が出た。

担当している夜間学部の講義を終えた姫城は、そのまま帰るつもりだったが、せめて文献だけでも借りて帰ろうと思い、大学図書館に寄った。しかし、欲しい文献は貸し出し中だったため、研究室で類書を探そうと思う。

次の講義は三日後だ。それまで、湯屋葵のアルバイトもなく、警察からの協力要請もなさそうだ。集中して作業できる時期に文献を読み込む必要がある。ただでさえ進《しん》捗《ちょく》が遅れている。駆け足でインプットをしなければ、博士論文が間に合わない。踏ん張りどころだと思いつつ、同時に、このまま投げ出して退学したいという気持ちも日に日に増していく。

思いどおりに進むことも、思い切って退くこともできず、ストレスが溜まった。

古ぼけたC棟に入り、階段で五階に上がる。この時間になると、人の姿はまばらだった。

環境経済学研究科の研究室は、廊下の一番奥にある部屋だった。部屋の少し前で立ち止まり、開け放しの扉から音が聞こえてこないか耳を澄ませる。どうやら無人のようだ。院生なら会っても問題ないが、教授の水野とは顔を合わせたくなかった。相変わらず、定期的に連絡が入る。いずれも、食事の誘いだった。

はっきりと嫌だと言える立場にはない。博士号を目指している院生にとって、指導教官である教授は絶対的な存在だ。明確に拒否して気分を害せば、博士号の道が遠ざかるし、最悪、閉ざされる。これは決して、言い過ぎではない。

研究室に足を踏み入れて、まっすぐに本棚へと向かう。さっさと文献を借りて帰ろう。そう思った矢先に、背後に気配がする。

振り返ると、水野が立っていた。

目が充血し、顔が赤い。笑みを浮かべている。その笑みは、いつもの気取ったものではなく、攻撃的な調子が垣間見えた。

心臓が早鐘を打つ。警鐘を鳴らしているようだった。

「……どうされたんですか」

姫城は動揺を覚られないように、抑え気味の声を発する。

水野の笑みが大きくなった。

「いやぁ、ちょっと出版社の編集者と打ち合わせをしていたんだけどね。お酒が進んで遅くなってしまったよ」

息が酒臭かった。呑気なものだなと思う。

「そうですか。私はもう帰るところです」

素っ気なくならない程度の冷たい調子で言う。

文献を探すのは諦めた。すぐにでも水野から離れたかった。

「え？　来たばかりなのにもういいの？　なにか探しに来たんじゃなかったの？」

水野は言いながら、ほんの僅かだが動線を遮ってきた。この動きで、姫城は動けなくなってしまう。立場の弱い者にとって、これは羽交い締めされたのと同義だった。

「……いえ、ちょっと用事を思い出したので……」

片方の眉毛を上げた水野が、疑わしげな視線を向けてくる。そして、腫れたように赤くなった唇を動かした。

「この際だから言わせてもらうけど、最近、姫城さんと全然話せていないんだけど、大丈夫なの？　結構、由々《ゆゆ》しき問題だと思うなぁ」

なにがこの際だと悪態を吐きたくなったが、口にすることはできなかった。永遠に出すことは叶わないだろう。

「……問題というと、具体的にどういったことでしょう」

できる限り平静を装う。弱みを見せたら相手がつけ上がるだけだ。

腕を組んだ水野は、ふて腐れたような表情を浮かべた。

「具体的もなにもないよ……そもそも、姫城さんさ、全然食事をしてくれないよね。なんか勘違いしているようだけど、僕はなるべく砕けた環境で論文の話がしたいと思っているんだよ。もちろん、代金は僕が持つんだから、食費も浮くでしょ。いわば、善意だよ、善意。指導教官だったら、院生に寄り添って論文の完成に導く義務があるんだよ。だから、善意で誘っているのに、毎回毎回断るし……本当に博士号取りたいの？」

発言している水野はどう思っているかは分からないが、これは完全にアカデミックハラスメントだ。善意という衣に包まれた暴力だ。

「ほかの子とは、問題なく二人で食事ができてるよ？」

水野の言い方には、嫌悪感を覚える粘度があった。水野は、女性の院生とは食事をし、男性の院生には一切声をかけないという噂があった。

もう、逃げてしまおう。ここで一方的に言われ続ければ、心が損壊する。

「……失礼します」

「え？　話、聞いてた？」

急に水野の語調が強くなる。相手を威圧する声。

もう駄目だった。頭に反響した水野の声で、感情がかき乱され、目から涙がこぼれた。

「え……泣いているの？」

止めどなく涙が出てくる。

自分でも、こうなってしまったことに驚いた。いろいろなことが積み重なり、堪え、苦悩した。そして今、許容量という容器が破裂したのだ。

もう、嫌だった。なにもかも投げ出したい。弱い立場で、愛想笑いをするのは懲り懲りだ。ご機嫌取りをするのは辛かった。

「もう、止めてください」

精一杯の声。絞り出された声。笑ってしまうほど、小さく感じた。

「止め……？　えっと……別に、僕は、ただ食事にと……大丈夫？」

動揺したように視線を泳がせる水野が手を伸ばしてきたので、姫城は両腕を曲げて、胸の辺りをガードする。ファイティングポーズに似た格好。

「いや、なにか悩みがあるなら相談に……」

「もう、放っておいてください！」

今度は、少しだけ大きな声を出せた。このまま立ち去ろうと思うが、足が震えて、一歩も前に進めず、後退りもできなかった。

「いやいや、おかしいでしょ」余裕を見せようと半笑いになった水野が言う。

「急に泣いて、いったいなに？　僕がなにかしたの？　情緒不安定なの？　なんなんだよ、まったく」

強い語調で質問を投げつけてから、苛立たしげな調子を見せる。

もう一度声を発しようとしたときだった。別の声が、姫城の行動を遮った。

「失礼します」

その声は、研究室の出入り口の扉付近から聞こえてきた。

姫城は、目を疑う。

そこには、刑事の日向が立っていた。

「え？」

姫城が漏らした声に応じるように、日向は僅かに笑う。目を細めただけの、小さな笑み。厳しい表情を和らげずに、それでいて姫城に配慮するような笑みに感じた。

「これは、えっと……」

瞬きを繰り返した水野が、震える声を出すが、先が続かなかった。

「警視庁捜査一課の日向と申します」

淡々としていて、事務的で、血の通っていない声。

「え……警視庁……一課？　なんで？」

水野から転がり出てきた声は、素っ頓狂という表現がピタリと当てはまるものだった。

「とある事件の捜査のために、この大学にお伺いしました。いや、半信半疑でしたが、噂は本当だったんですね」

「……噂？」

声から、水野の動揺が手に取るように分かる。

金縛りから解かれた姫城は、身体を横にずらして逃げ、二人の様子を窺う。

水野の顔は引《ひ》き攣《つ》っていた。対して、日向は厳然としている。被告人を見下ろす裁判官のような威厳があった。

「この大学で、アカデミックハラスメントをしている教授がいるという噂ですよ。実は、その噂では具体的に、あなたの名前が挙がっていました。だからこそ、ここに様子を見に来て、こうして運良く現場を押さえることができたというわけです」

「な、なにを言っているのか私にはさっぱり……」

「犯行現場を録画したわけではないので、アカハラの決定的証拠はありません」水野の言葉を遮った日向は続ける。

「ですが、今はメールなどの電子通信の内容と、被害者の証言を組み合わせ、そこに合理的説明がつけば、犯罪として立証されます。今の状況は、どこからどう見てもあなたが女性に関係を迫っている構図です」

「なっ……」

水野は反論を試みようとしているが、日向はその余地を与えない。

「以前、女子生徒ばかりにストレッチの手伝いをして、男子生徒には一切しない部活動の顧問が、一人の女子生徒に乱暴し、強制猥褻《わいせつ》罪で起訴されました。録画や録音といった証拠はありませんでしたが、もちろん有罪になりました。先ほど、食事に誘って指導をしているという話が聞こえてきましたが、男性の院生に対しても同じ扱いをしているんですよね？　女性ばかりにこういった行動をしていた場合、裁判で不利になりますよ。気軽に考えているかもしれませんが、アカハラは、立派な犯罪ですよ」

マシンガントークとはこのことだろう。相手を圧倒させ、屈服させる口調。日向の外見からは想像できない口調。激しいギャップ。

「……私はそんなこと……いや、あなた、本当に、捜査一課ですか？」

「もちろんです」

日向は警察手帳を取り出して提示する。それを間近で見つつ、水野は口を開く。

「……捜査一課が、どうして」

「警察も人手不足です。今は、職掌の垣根を越えて仕事をするのは珍しいことではありません。交通課の人間が殺人捜査をする場合だってあります。捜査一課が、アカハラの捜査をしていてもなんら不思議ではありません」

話を聞きながら、ようやくショック状態から立ち直ったのか、水野はいつもの余裕のある表情を浮かべる。

「し、失礼だな君は。そんなことはしていない。なぁ？　そうだろ？」

水野の矛先が、姫城に向けられた。身体が震える。喉が凍り、口がまったく動かなかった。再び涙が出る。弱い立場の人間は、泣き寝入りするしかない。

ここで水野の言葉を否定してしまえば、争いが起こるのは間違いない。そうなることのデメリットは計り知れない。それを、加害者は知っているのだ。だからこそ、被害者は沈黙する。負ける。

水野が調子づく。

「そうだろ？　ちゃんと言ってくれよ。勝手に泣いただけで、私は指一本触れていないし、アカハラなんて一切……」

「見苦しいですよ」日向がぴしゃりと言い放つ。

「被害者を脅す行為も、脅迫罪が適用されます。アカハラに脅迫罪。たしか、教授職というのは一生安泰と言われていますが、やはりハラスメント行為をしたら失職するようですね」

日向の視線が、姫城に向けられる。

「安心してください。あなたをサポートする味方は、想像以上にたくさんいます。あなただけが頑張らなくても大丈夫です。もう、十分耐えました。人生は、耐えるだけに費やすものではありません。そもそも、不当なことに耐える必要はないんです」

姫城の瞳から、さらに涙がこぼれた。この涙は先の涙とはまったく違う意味合いを帯びたものだった。日向の言葉は、まさに今の自分にかけて欲しい言葉だった。

息を吐いた日向は、水野を見る。その顔は、すでに厳しいものに戻っていた。

「現時点で、あなたの主張は僕の耳には入りません。まずは、彼女から話を聞くことにします。さぁ、行きましょう」

近づいてきた日向は、水野と姫城の間に入った。

身体の向きを意識しているのだろうか。水野が姫城の視界から消える。日向に触れられることはなかったが、守られていると感じた。

「ちょ、ちょっと……」

水野の声は弱々しく、制止するに足る力強さはなかった。

日向に伴われて研究室を後にした。

C棟を出たところで、日向がハンカチを差し出してくる。しっかりとアイロンがかけられた、清潔なハンカチ。姫城はそれを受け取り、涙を拭った。

大学を出て、駅に向かって歩く。無言が続く。一定の歩調で鳴る足音。その単調な音を聞きながら、少しずつ気持ちが落ち着いてきた。

ようやく、声を出すことが出来そうだった。

「……どうして、大学にいらっしゃったんですか」

上擦った声が恥ずかしかったので、顔を見ることが出来なかった。

「この前起きた、殺人事件の捜査で伺いました」

先ほどとは打って変わって、優しい口調だった。

「じゃあ、アカハラの捜査というのは……」

「口から出任せです」

やはり、水野に語ったことは嘘だったのか。

「嘘も方便ですから。最初、あの男が教授かどうか分かりませんでしたが、すぐに確信に変わりました。刑事をやっていると雰囲気で分かるものです」

楽しげな声。顔を見上げる。日向が悪戯に成功した子供のような笑みを浮かべていた。姫城は、慌てて視線を逸らす。

突然日向が現れたときは驚いたが、同時に、嬉しくて仕方なかった。

日向が救世主に思えた。これは決して、言い過ぎではない。日向は、危機から救い出してくれた騎士だ。

このまま、連れ去ってほしい。身をよじりたくなるという気持ちが、初めて分かった気がした。

日向の顔を、まともに見ることができない。馬鹿みたいに心臓が高鳴って苦しかった。

落ち着けと念じていると、ふと、疑問が浮かぶ。

「……先ほどおっしゃった殺人事件の捜査って、湯屋葵での殺人ですか」

「はい」

姫城は、眉間に皺を寄せる。

「どうして、捜査でこの大学に？　なにか関係があるんですか」

不思議だった。両国で起きた事件と、この大学に関連があるのだろうか。

日向は、しばらく沈黙する。言うかどうかを迷っているふうだった。

「実は」日向が意を決したような声を発する。

「今回の事件の容疑者が浮上しました。それで、その人物は、この大学の博士課程を修了していたんです」

「え？　うちの大学？」

姫城は目を大きく見開く。いったい、どういうことだ。

「……まさか、環境経済学研究科出身とかですか？」

「いえいえ。建築学科です」

そう言った日向は、口が滑ったことを後悔しているような表情を浮かべ、それから、事件の話を共有することを決心したような顔つきになる。姫城の主観だが、おおむね間違いではなさそうだった。

「これからの話は他言《たごん》無用でお願いします」念を押してから続ける。

「助言をいただいたとおりに、パイクリートが凶器として使われた可能性について調べていたのですが、その線、かなり確率が高いことが分かりました」

それを聞いた姫城は、少なからず衝撃を受ける。まさか、自分の発言によって警察が動き、自分の考えどおりの結果を得たということか。

「……本当、なんですか」

「まだ、確定ではありませんが」日向は言及を避ける。

「それで、パイクリートを知っていそうな人物を、犯行現場にいた方たちから探したんです。その結果、一人だけ該当者がいました。十年前に、この大学で博士号を取得した人物が、事件当時、湯屋葵を利用していたんです。建築学科卒業ということで、ピンときて調べてみたら、パイクリートを建材として使うことを研究した論文を発表していました。それで、今日はその人物を知る教授に話を聞きに行ったんです」

話を聞いた姫城は腑に落ちる。それで、あの場に居合わせて、窮地から救い出してくれたのか。偶然以外のなにものでもないが、必然に思えてならなかった。

「……その人が犯人なんですか？」

声が震える。

犯人というものを漠然と考えていたが、同じ大学で博士号を取った人物かもしれないと聞かされ、途端に身近な存在に思えてきた。あの日、あの空間に犯人がいたのは間違いないのだ。今更ながら、寒気を覚える。

「まだ分かりません。一応、湯の中からトイレットペーパーの繊維が発見されましたが、その繊維と、容疑者をどう結びつければいいのかは検討中です」

そう言った日向は、考え込むように視線を落とす。

どう結びつけるのか。

繊維を頭に思い浮かべる。

細く、白い繊維。繊維同士を繋げる。それが、トイレットペーパーになる。

「今ふと思いましたが、たとえば、繊維について詳細に調べ……」

「あっ」

姫城は声を漏らして、日向の言葉を遮った。容疑者と繊維。この二つを結びつけることができるかもしれない。

「どうしたんですか」

瞬きをした日向が訊ねてくる。

姫城は、言うべきかどうか迷うが、日向の力になりたかった。

「……あの、見当違いのことを言っていたら申しわけありません」先に謝罪をしつつ、自分の考えを述べる。

「トイレットペーパーって、広葉樹から取れる短繊維のパルプを主として使っているのが一般的ですが、そのほかの素材で作られていることもあったと思います。うろ覚えで申しわけないですが、つまり……」

そこまで言って、出しゃばった真似をしたと後悔して口を閉ざす。

「そ、それです！」

大きな声に、姫城は身体を震わせた。吸い込まれそうなほど、綺麗な瞳だった。

日向の目が、キラキラと輝いた。

「つまり、容疑者の家にあるトイレットペーパーの繊維と、犯行現場から大量に見つかったトイレットペーパーの繊維が一致すれば、容疑者と凶器を結びつけることができるかもしれないということですね。たしかにそうですね。トイレットペーパーの繊維が一致すればいいんですよね」

その勢いに気圧《けお》されながらも、姫城は頷く。

「ありがとうございます！　捜査が進展しそうです」

嬉しそうな日向の顔を見た姫城は、力になることができて良かったと思う。

やがて、駅に到着する。

先ほどの一件で、姫城は確信した。日向に対して、明確な好意を抱いていた。

「あの……」

目を見つめつつ、身を寄せるように近づいた。これが姫城にとっての、最大限のアピールだった。勉強が楽しくて男に興味がなくなっていたが、自分が好かれやすい容姿を持っているという自覚はあったし、そのことは今までの人生で実感してもいた。作為的で打算的な行動で誘った自分に嫌気が差しつつも、姫城は相手に寄りかかりたかった。

その衝動が抑えられない。

もう無理だ。そう思った姫城は、日向に寄りかかってしまう。そして、手を握った。

自分で自分の行動に驚いたが、この機会を逃したくなかった。

恐る恐る、視線を上げる。

日向の顔は強張り、蒼白になっていた。

そこで、姫城は我に返った。

「あ、すみません。ちょっと立ちくらみがしてしまって……」

身体を離しながら弁解する。自分が意気地なしに思えて泣きたくなった。

日向はポケットからなにかを取り出し、握りしめる。

——お守り？

よく確認できなかったが、ピンク色の桃が描かれているように見えた。

日向は、ずっと水の中に潜っていたかのように、大きく息を吸った。

「……だ、大丈夫ですか？　転ばなくてよかったです。一人で帰れますか？」

帰りたくないという陳腐な台詞《せりふ》が頭に浮かぶが、それが口から出ることはなかった。

息切れを感じ、指が震える。脳に酸素が行き渡っていない気がした。

「……大丈夫です」

そう言うのが精一杯だった。日向の反応に動揺していたし、自分の行動に狼狽していた。

「……そ、そうですか。良かったです」

動揺した様子の日向が家の方向を聞いてきたので、姫城は素直に答える。

日向とは反対方向だった。

「えっと……安心してください。さっきの男のことについては、担当部署と連携し動くよう言っておきます。今の警察は、数々の失敗を重ねた結果、事件を未然に防ぐために動くことを厭《いと》わない組織になっていますから」

優しい笑み。それが今は腹立たしく感じた。

結局、日向とは健全に別れることになった。

7

朝一で、科捜研のフロアに足を踏み入れた久保は、すでに待っていた日向に向けて軽く手を上げて挨拶する。

隣には、科捜研の青木がいた。

「しかし、お前って唐突だよなぁ」

久保はなるべく迷惑そうな表情を作るが、実は特に迷惑はしていなかった。むしろ、勝手に事件の捜査を進めてもらって楽をさせてくれていることに感謝の念すらある。勝手な行動をされると、人によっては軽んじられていると怒る人間もいるが、久保は違う。刑事の目的は犯人を逮捕して事件を解決することだ。そのためなら、手順などはどうでもいい。

「すみません」

日向が本気で謝ってきた。

「いや、別に問題ないし、単独行動は大歓迎」

久保は昨日、仕事が終わってから出会い喫茶というものに行ってみた。ああいう場所に刑事が行っていいものかという葛藤はあったが、社会見学だと割り切った。ただ、出会い喫茶は性に合わなかったし、金を無駄遣いしたなと後悔している。

「……それで、なにが分かったんだ」

昨晩、日向から電話があり、トイレットペーパーから犯人を導き出せるかもしれないという話を聞かされていた。

日向は、一度青木に視線を向けてから口を開く。

「トイレットペーパーは、広葉樹と針葉樹を配合して作られているのが一般的のようですが、湯屋葵の犯行現場から大量に発見されたトイレットペーパーの繊維は、それらのものではありませんでした。その代わりに、上質古紙と、牛乳パック、使用済み切符、傷んだ日本銀行券といったものが原料だということです」

「日本銀行券……？」

久保は眉間に皺を寄せる。使用済みの切符や紙幣がトイレットペーパーの原料になるのか。

「その原料の配合でトイレットペーパーを作っているのは、熊本《くまもと》製紙という会社だけでした」

「待て、これを科捜研に依頼したのは一昨日だったな？」

昨日の電話での日向の言葉を思い出しながら聞く。

「はい。そうです」

「……こんな早くに検査結果が判明したのか？」

「私の頑張りに感謝してよね」

青木は胸を張った。その顔は、寝不足からか普段よりも疲れて見えた。

おそらく、日向の依頼を青木は最優先に片付けたのだろう。日向が無理強いしたとは考えられない。青木が進んで協力したのだ。

日向の人徳なのか。

「……現場から発見されたトイレットペーパーの繊維が熊本製紙のものだとして、それをどう元田と繋げるんだ」

「それは……元田の家に行って、使っているトイレットペーパーを押収するんです」

予想していた回答を聞いた久保は、目頭を指で揉《も》む。

「捜索令状は取れないぞ」

犯人であるという客観的証拠が乏しい状態で、トイレットペーパーの繊維が一致するかどうかを確かめるためにいちいち令状が取れたら世話がない。

「任意で提出させます」

「元田が応じるか？」

「応じる可能性は高いと思います」

背後から声が聞こえてくる。

振り向くと、朝比奈《あさひな》が立っていた。科捜研の唯一の女性プロファイラー。可愛くて刑事の間ですこぶる人気がある。まだ独身で、年齢は二十九歳。以前食事に誘って断られた経緯があった。あのとき久保は傷ついて晩飯を抜いた。思い出し、胃が痛くなる。一刻も早く胃腸薬を服用しなければと、フリスクを取り出した。

朝比奈は、明らかに日向を意識していた。顔が真っ赤になっており、視線を泳がせつつ、ときどき日向を盗み見ている。髪を耳にかけるが、すぐに落ちてくる。再び髪を耳にかける。失敗。チャレンジ。失敗。チャレンジ。あともう一歩のところで失敗。明らかに、朝比奈は動揺していた。

いい加減にしてほしいと久保は思う。

やがて、髪を耳にかけるのを諦めた朝比奈が、形の良いピンク色の唇を動かす。

「えっとですね……元田の犯行動機についてですが、科学の知識を使って完全犯罪を成し遂げて悦に入りたいんだと思います。自分は凄い人物であると証明したいんです。元田は建築学の博士号を持っており、いわばエリートです。ただ、現状はフリーの建築コンサルタントをしていて、稼ぎは少ないようです」

一度言葉を句切り、日向を一瞥する。

久保は苛立ってきたので、朝比奈と日向の間に身体を入れて視界を遮る。

批難するような目を久保に向けてきた朝比奈は、再び続ける。

「……今まで培《つちか》ってきたことが世間に認められないことに、元田はフラストレーションを溜めている可能性があります。そして、世間とのズレを感じているでしょう。頻繁に職場を変えているのは、人間関係を上手く構築できないか、自分が正当な評価を得られていないと感じているからだと考えられます。元田についての情報を聞いた限りでは、おそらくその両方だと思います。正直なところ、それだけのために殺人を犯す人間かどうかは分かりません。むしろ、被害者との間になにかしらの確執があって、恨みを持っていたと考えるほうが自然です。

また、事件を起こす前に、強いストレス要因があったと考えられます。おそらく、半年前くらいに起こったもので、そのストレス要因は改善されていない状態だと思います」

ストレスによる暴発ということかと久保は思う。

「ただ、いくら完全犯罪をする能力があるからと殺害を決意し、成功させたとしても、普通の感覚の持ち主ならば、殺人行為をしたことでショックや罪悪感を覚えている可能性はあります。殺人を犯す人がすべて異常者というわけではありません。どうしようもなく追い詰められて凶行に走るケースも珍しいことではありません。相手の持つ罪悪感。そこを突けば、自白するかもしれないです」

いつの間にか久保の横に立っていた日向が頷く。

「元田の取り調べをしたときは、なんとなく冷徹な殺人者という印象を受けましたが、一般的な感情を持ち合わせた人間かもしれないという視点で、もう一度会ってみようと思います」

「犯罪者プロファイリングの原則は、犯罪事実を客観的に捉え、社会的、文化的な偏見に囚《とら》われずに事件を俯瞰《ふかん》することです」

朝比奈の言葉に、日向は頭を下げて礼を言う。

「偏見は刑事にとっては敵ですからね。とても参考になりました」

「……いえ、片手間のプロファイリングなので、あくまで参考程度にお願いします」

そう言った朝比奈は、少し恥ずかしそうな顔をしてから去っていく。後ろ姿も可愛いなと思う。

被害者との関係性は今のところ分かっていない。ただ、朝比奈の意見には同意する部分が多かった。取り調べのときの元田は、冷徹な印象だったが、無差別殺人をするような人間には見えなかった。

やはり、怨恨《えんこん》による殺人の線が濃厚か。

そう考えると同時に、別の思いが膨《ふく》らんでくる。

「……お前、ちゃっかり朝比奈さんにも協力を依頼したのか」

久保は小声で日向に訊ねる。

日向は、ぱちぱちと瞬きをした。

「はい。ここで青木さんと話していたときに、一緒に聞いてもらいました」

なんの含みもない返答。

もったいないなと久保は思う。自分だったら、プロファイリングをしてほしいという捜査依頼を口実に食事に誘うだろう。いや、すでにその手法を使って断られているのだった。

落ち込みそうになったが、堪える。失敗の九十九パーセントは、人生に影響なし。気を取り直し、フリスクを取り出した。

そもそも、朝比奈も多忙を極めている。各都道府県の科捜研に一人は配置されているプロファイラーは、事件についての意見を求められることが多い。そして、膨大な資料を分析して、犯人像を割り出そうとする。一つの事件の資料を読み込むだけでも相当な時間を要するのに、日々発生する事件を捌《さば》かなければならないので暇ではないはずだ。

その上、朝比奈と接点を持ちたいという邪《よこしま》な考えで、無駄に事件のプロファイリングを依頼する輩《やから》もいる――もちろん、久保も例に漏れない。

そんな状況下で、たとえ片手間とはいえ日向の言葉に耳を傾けるのは、朝比奈が日向に対して好印象を抱いているからなのだろう。

「……むかつく野郎だ」

嫉妬心から、心の声が漏れ出る。

「え？　なんでしょうか」

とぼけた顔を向けられた久保は脱力する。

――どんな表情をしても、イケメンってのはイケメンなんだな。ナチュラルボーンイケメン。

真理に気付かされた久保は、なんだか泣きたくなったが、ぎりぎりで我慢した。

「……いや、なんでもない」

歯がみしつつ、仕事モードに無理やり切り替える。

久保自身、プロファイリングというものをいまいち信用していなかったが、朝比奈の話には同意見だった。そして、やはり可愛い。あんな可愛い子が職場にいたら、殺人捜査なんて手に付かなくなるだろう。

「……まぁ、やるだけやってみるか。元田を攻めるぞ」

その言葉に、日向は笑みを浮かべる。

「ありがとうございます」

「あいつが、凶器に使ったトイレットペーパーを使い切っていないことを祈るのみだな」

「元田は一人暮らしです。成人男性が一日に使うトイレットペーパーの平均量は三・五メートルなので、約八・五日で一ロール使っていることになるらしいです」

「……よく、そんなことまで知っているな」

久保は舌を巻いた。そして、青木が成分検査を急いだ理由に合点がいく。時間が経《た》てば経つほど、元田の家からトイレットペーパーがなくなっていく。トイレットペーパーの繊維が合致すれば、事件と元田を結ぶ道筋を作れるかもしれない。

「あとは、こちらに幸運の女神が微笑むのを願うだけです」

日向は口元を綻ばせる。

「運試しだな」

久保は呟く。

刑事というのは不思議なもので、基本的には地道な捜査で泥臭く犯人を追うが、ときどき思いがけない幸運によって犯人逮捕の手掛かりを掴むこともある。できる刑事は、運を馬鹿にしない。

本当に、こんなことをして元田を追い詰めることができるのか分からなかったが、今は事件解決の糸口すら見えていない状況だ。

なんでも、やってみる価値はある。


警視庁のビルを出た久保と日向は、電車を乗り継いで小岩《こいわ》駅で降りる。飲食店が密集するエリアを抜けたところに、元田の家はあった。

古ぼけたマンション。共用玄関で部屋番号を押そうとしたところで、ちょうど元田が帰ってきて鉢合わせになる。最初、久保は元田と別人だと思った。顔つきが険しくなっており、やつれて見えた。

「え？」

目を大きく開いた元田は、すぐに批難するような視線を向けてくる。

「な、なんですか急に！」

慌てた声。手に、コンビニのレジ袋をぶら下げている。

久保は内心、運が味方したとほくそ笑む。この状況下ならば、元田の家に比較的入りやすい。インターホン越しだと、通話を切られたら終わりだ。

「実は、ほとんど犯人を特定することができたんです」

久保は、あらかじめ決めていた言葉を口にする。

「……特定？」

緊張した面持ちに変わった元田は、慎重な口調で聞き返す。

「はい。それでこの度、その報告に上がりました」

犯人を特定したという曖昧な表現を使うことは、前もって日向と相談した結果の戦略だった。これならば、元田を追い詰める証拠を見つけたと勘違いさせることができるし、別の人間が浮上したと思わせることもできる。

普通ならば、気になってこのまま追い返すようなことはしないだろう。

案の定、作戦は上手くいったようだ。

「……手短にお願いしますよ。こっちは忙しいんだ」

「ありがとうございます。ここで話すと外聞もありますから、お部屋で」

「いや、それなら私が警察署に……」

「どうしても、すぐに話さなければならないんです」

押しの強さには自信がある。距離を詰め、有無を言わさぬ圧力をかける。

「……わ、分かりましたよ」

動揺した様子で答えた元田は、鍵を取り出して共用玄関の自動扉を開けた。

四階の北向きに位置する部屋は、暗い印象だった。今日は天気がよくないので陽光が入らないのは仕方ないが、たとえ晴天の日だとしても、この雰囲気は払拭されそうにない。

部屋は、装飾もなく、家具も最低限。簡素なものだった。

「それで、特定したっていうのはどういうことですか？」

元田が、ふて腐れたような調子で訊ねてくる。小さなダイニングテーブルの上にコンビニの袋を置く。電子レンジで温めるタイプのパスタが見えた。昼食だろう。

「こっちは暇じゃないんです。急いでください」

苛立った様子で言う元田の顔には、暗い影が差していた。先日見たときよりも、十歳ほど年齢が高く見える。疲労によるものではなく、もっと根源的な部分での疲れが窺えた。

やはり、精神的に追い詰められていそうだなと久保は思う。

どうやって切り崩そうかと考えていると、日向が声を発した。

「先ほど、犯人を特定したと伝えましたが、それは、元田さんのことです」

久保は瞬きをして、日向を見た。事前に予告のない単独行動。止めようとも一瞬思ったが、様子を見ることにする。

急に刃物を突きつけられたかのように顔面蒼白になった元田は、虚勢を張るように立ち上がった。

「私が殺したって証拠でもあるのか！」

両手をテーブルについて吠《ほ》える。わずかに、指が震えていた。この震えが、怒りからくるものなのか、恐れからくるものなのかは分からなかった。

「証拠はほとんど揃っています」

「どんな証拠か言ってみろよ」

元田の言葉に、日向は反応を示さなかった。

無言が立ちこめる。

そして、張り詰めた緊張が暴発する寸前に、日向は口を開いた。

「その前に、お伝えしたいことがあるんです」

「……なんだよ、伝えたいことって」

元田は警戒心を露《あら》わにする。

「殺された川村大蔵《かわむらたいぞう》さんには一人息子がいるのですが、一年前に交通事故に遭《あ》われ、現在もほとんど寝たきりの状態なんです」

淡々とした口調。日向の顔は平静を保っていたが、怒っているのは間違いなかった。

「……それが、私にどんな関係が？」鼻を鳴らした元田が応じる。

「まさか、泣き落としで自白させようとでも？」

それには答えず、日向は続ける。

「川村さんは、湯屋葵に週に四回通っていました。ヘルパーさんが介助してくれる午前中の短い時間にリフレッシュするのが好きだったみたいです。川村さんの奥さんは三年前に病死して、一人で息子さんを育てていました。

その息子さんが自動車事故に遭われて、相当ショックだったようです。幸い、献身的な介護と、息子さん本人の懸命なリハビリで、症状は少しずつ改善しているようですが、まだまだ人の手が必要ということです。もちろん、川村さんは息子さんにかかりっきりにはなれず、生活を維持していくために稼がなければなりません。近くの工場で旋盤工《せんばんこう》としてときどき働きつつ、一人息子のサポートをしていました。豊かでゆとりのある人生とは言いがたかったでしょう。それでも、懸命に生きようとしていました。全力で息子さんを助けつつ、人生を歩んでいこうとしたんです。それを、あなたが断ち切ったんです。その重みを認識してください」

日向は口を閉じる。

今や、元田の全身はブルブルと震えていた。血の気を失った顔は恐怖に硬直していた。

ふと、朝比奈の助言が、久保の頭をかすめる。

――普通の感覚の持ち主ならば、殺人行為をしたことでショックや罪悪感を覚えている可能性はあります。殺人を犯す人がすべて異常者というわけではありません。どうしようもなく追い詰められて凶行に走るケースも珍しいことではありません。相手の持つ罪悪感。そこを突けば、自白するかもしれないです。

朝比奈のその言葉どおり、日向は元田の罪悪感を突いた。

その効果は絶大だったようだ。

「人を殺すということは、その人の周りの人間も殺すということです。人の繋がりというのは、そんなに単純ではないんです。あなたは、それだけのことをしたんですよ」

その言葉で、元田の顔から力が抜ける。

完落ちしたなと思った途端、元田の目に力が戻った。

狂気に、爛々《らんらん》と輝く瞳。

「まずい」

直感した久保は手を伸ばして捕らえようとするが、ほんの僅かだけ元田の動きのほうが速かった。

日向が摑みかかるが、元田に振りほどかれて転倒してしまう。

久保と元田の間には、テーブルが置いてある。飛び越える暇も、くぐり抜ける時間も、回り込む余裕もない。

「うおりゃあああ！」

咄嗟の判断で、テーブルを横に投げ飛ばして突進する。

大きな音が部屋の中に響き渡り、元田の動きが鈍くなるが、それも一瞬のことだった。

前方に障害物はない。ただ、直線二メートルほどの開きがある。

久保は息を止めて床を蹴り、距離を詰めることだけに集中する。

間に合うか。あ、無理かも。

ベランダへと走った元田は、ガラス窓を開け、躊躇せずにそのまま手摺《てす》りに足をかけ、ジャンプした。

8

姫城は、C棟にある環境経済学研究科の研究室の椅子に腰掛けていた。ぎしぎしと鳴る椅子。身体を揺らし、わざと音を立てる。

いつもと同じ研究室。しかし、少しだけ空気が新鮮だった。

暖まった部屋。窓から見える空は、青く澄み切っていた。

静かな部屋。そこに鳴る、椅子が軋《きし》む音。

この研究室で院生に会うことは稀だった。経済学という学問は、基本的には個人プレーで進める。研究室があっても文献を置くくらいで、そこでしかできない作業はなかった。

ゆっくりと流れる薄い雲を見ながら、過去に思いを馳《は》せる。

事件が解決したということを湯屋葵の社長から聞かされたのは昨日のことだった。やはり、客の中に犯人がいたらしい。ニュースでは名前が出ていた。同じ大学出身だということを日向から聞かされていたが、思い当たる記憶はなかった。

事件が解決したので、湯屋葵は営業再開の準備に入ったという。殺人事件が起きた施設に客足が戻るか少し不安だったが、社長はまた営業できることが嬉しくてたまらないようだった。それに、再開を望む声は多いらしく、上手くやっていけそうだということを同僚が言っていた。

食い扶持《ぶち》を失うことはないと一安心する。

続いて、未来を思う。

先日、指導教官の水野が停職四ヵ月の懲戒処分を受けた。

研究室で起きたあの一件の三日後、突然、調査委員会ができて学内のアカハラなどを調査し始め、迅速に水野が処分された。どうやら、複数の学生から、証拠となるメールが提供されたらしい。当然、姫城もメールの文章を見せた。水野は指導の一環だと主張したらしいが、男子学生に一切送っていなかったことは個人的な趣味嗜好があるとして、大学側は認めなかった。大学のホームページに掲載された文章では、身体接触を受けた学生もいるということだ。就業規則第三八条第五項に定める〝大学法人の名誉又は信用を著しく傷つけた場合〟に該当したということらしいが、本部広報課の公表文を読む限り、学生を傷つけた罪は加味されていないようだった。停職四ヵ月は温《ぬる》すぎるなと思ったが、このまま辞職するだろうという話が耳に入ってきた。この動きに日向が絡んでいるのかは不明だったが、おそらく関係しているのだろう。

水野が消え、結果として再び指導教官が変わる。

もう、潮時だろう。

たとえ水野がいなくなっても、次の指導教官が専門知識を持っていなければ意味がないし、持っている可能性は限りなく低い。

大学院を辞めても、行き先はあった。

湯屋葵の社長が、事件解決の助言を姫城が警察にしたということを聞きつけたらしく、好待遇で雇いたいと言ってきた。営業再開の立て役者として崇《あが》めつつ、営業部長という肩書きをくれるようだ。湯屋葵には、社長と専務しか役職者がいない。専務は奥さんだ。典型的な中小企業に入ることに多少の迷いはあったが、今の状況から抜け出すべきだと思った。それに、提示された給与額は予想以上に高かった。

こんな好条件、二度とないだろうなと思っていると、入り口の扉をノックする音が聞こえてくる。振り返ると、二人の男が目に入った。

心臓が跳ね上がった。赤面し、足が緊張で震える。

日向と、もう一人はたしか久保という刑事だった。

「突然すみません」

「い、いえ……」

久保の言葉に、姫城は慌てて椅子から立ち上がる。息が苦しい。

「今日はお礼に伺いました。まぁ、手土産はありませんが」

爽やかな笑みを浮かべた。

それを見ながら、久保もモテそうな容姿をしているなと思う。顔の彫りが深く、背も高い。それに、女慣れしてそうな雰囲気を醸《かも》し出している。

ただ、日向の顔は圧倒的すぎた。ほかの男全員を薙《な》ぎ倒す力がある。

「事件、解決して良かったですね」

姫城は、まともに日向を見ることができなかったので、久保に向かって言う。なぜか、久保は頰に大きな湿布《しっぷ》を貼《は》っていた。

「いやぁ、おかげさまで早期に解決することができました。捜査本部一同、心から感謝しています」

久保は、ぐいと身体を近づけてくる。嫌な感じはなかったが、驚いて一歩後退した。

その動作を受けて、瞬きをした久保は不思議そうな表情を浮かべる。もともと、人との距離が近いタイプなのだろう。

なんとなく気まずかったので、姫城は話題を振った。

「……本当に、凶器はパイクリートだったんですか」

その問いに、久保は何度も頷く。

「いやいや、本当にパイクリートだったんですよ。いやぁ、こんな凶器を使う犯罪なんてあるんですねぇって感じで捜査員一同驚いていますよ。犯人が自白したのも大きいですが、パイクリートを作るのに使われたトイレットペーパーと、犯人の自宅から押収したトイレットペーパーの構成成分が一致したので、無事に事件解決です」

「成分について調べたらどうかと助言してくれたのも、姫城さんです」

日向の言葉に、久保は動きを止めてから、瞬きをする。

「あ、そうでしたね。本当にありがとうございます」

「い、いえ……私はただ……」

続く言葉を見つけることができなかった。パイクリートについて話したことが事件解決の契機になったのは確かなようだ。ただ、自分が役に立ったとは思えなかった。

変な空気が流れたのを察したのか、久保がやけに明るい声を発した。

「本当に、大変助かりました。あ、念のため、もう一度名刺をお渡ししておきます」

そう言ってジャケットの内ポケットから名刺を取り出して、手渡してくる。

「なにかあれば、ご遠慮なく」

再三再四の笑み。少し胸焼けがしそうだった。そして、なにもなければと願う。

「それでは、我々はこれで」

挨拶した久保が先に歩き出す。頭を下げた日向も、後に続いた。

日向が遠ざかっていく。その光景に呆然としつつ、胸を踏みつけられたような苦しさに襲われた。

「あ、あの……」

震える声を出す。顔が熱い。燃えているかのようだ。このままなにも話すことなく別れたら、絶対に後悔するだろう。その一心だけで、呼び止めた。

「水野教授が処分されました」

立ち止まった日向が振り返る。

「えっと……停職四ヵ月の懲戒処分ですが、おそらく辞職するだろうということです」

「そのことでしたら、僕の耳にも入っています。良かったですね」

柔らかい表情。まるで、難所を抜けた友人を労《ねぎら》うような顔。そこに、熱は感じられない。恋愛の対象として見られていないのは明らかだった。

日向の後ろに立つ久保は、怪訝な表情を浮かべて無言を貫いていた。

「あの……」

姫城は言葉を続けようとしたが、逡巡した後、口を閉じる。

水野教授が処分された件について、日向の力が働いたのだ。タイミングを考えれば、そう思うのが当然だ。その推測が正しいかどうかを確かめたいと思ったが、止めた。どうでもよくなった。どちらにしても、姫城は日向に救われたという気持ちに変わりはない。

「これから、どうされるんですか」

日向が問う。

どこか遠くを見つめるような視線に、どきりとした姫城は、無意識に視線を逸らし、慌てて戻す。

どうして、そんな質問をするのだろう。院生を続けるかどうかの悩みを打ち明けたことはない。

日向は刑事だから、読心術のようなものを身につけているのだろうかと考え、その馬鹿げた推測を振り払う。

自然と笑みがこぼれてきた。気持ちを酌《く》んでくれるような質問が嬉しかった。

自分に正直になろう。

「……ここを辞めて、湯屋葵に就職しようと思っています。社長が、正社員として迎え入れてくれるそうなので」

どうして院生を辞めるのか。

そんなことを、日向が聞いてこないのはなんとなく分かった。

そして、案の定、そのとおりだった。

「そうですか。良かったですね」日向は言い、一瞬迷った様子を見せたあとに続ける。

「湯屋葵、いつか遊びに行きますね」

丁寧なお辞儀をした日向が、去って行く。

涙が出そうだった。しかし、ここで泣いてたまるかと堪える。

明日、退学を申し出よう。これは敗北ではない。人生に再び立ち向かうための転進だ。

晴れやかな気持ちと、寂しさと、日向が湯屋葵に来てくれるかもしれないという期待を抱え、姫城は日向の背中を見送った。

――いや、このまま別れたくない。

今度連絡しようと、姫城は心に誓いを立てる。

9

晴天の青空とは対照的に、久保の気持ちは暗かった。

昨晩は、特価で買ったウイスキーを水で割って飲みつつ、契約している動画配信サービスでバラエティ番組を観ていたので寝不足だった。

捜査一課にある自席に座った久保は大きな欠伸をして、湿布の上から頬を掻き、痛みに顔を歪める。そして、事件のことを振り返る。

元田は、マンションの四階から飛び降りる寸前だった。このままでは落ちる。自殺させてたまるかと思った久保は、ラグビー部で培った脚力を駆使して一瞬でベランダまで走り、手摺りに片足を乗せてジャンプした元田を両腕で摑んで引き戻し、落下を阻止することに成功した。ただ、その代わりに元田は腕の骨を折り、現在入院中。久保も頬を強打して、湿布を貼っている。

向かい合わせに座る日向は、ノートパソコンを凝視している。捜査報告書の下書きでも入力しているのだろう。

真剣な表情でキーボードを打っている。神が、人類に平等に配分しようとした美を、誤って日向一人に注いだのだと思えてならなかった。

——今世紀最高の出来で、容姿と風味が上質かつ、瑞々《みずみず》しさが感じられる素晴らしい品質。

神の世界にボジョレーヌーボーのキャッチコピーを考えるやつがいたとしたら、きっとこんな感じに日向を表していることだろう。

しかも、よりにもよって好青年。

ただし、底が知れないと久保は感じていた。

日向が元田に語った、被害者の話を思い返す。

殺された川村大蔵は、独身だった。

息子はいたが、前妻が引き取っている。息子が自動車事故に遭ったのは事実だが、後遺症はなく、健康そのものらしい。周辺の聞き込みをした捜査員の話では、川村は酒と女遊びが大好きで、前妻を何度も泣かせていたし、ときには暴力を振るっていたという。酔えば気が大きくなって人に奢《おご》り、借金をしては義理の両親に金をせびっていた。暴力沙汰《ざた》も多く、喧嘩の末に障害を負わせた相手が三人いた。

川村は、およそ家庭人になれるような器ではないということだ。

日向が話した、苦労して息子と家庭を守る話は、真っ赤な嘘だった。

ただ、嘘だと分かる前に、元田はすべてを自供した。

あのとき日向が嘘を吐いた記録は残っていないし、日向自身、そんなことを言った記憶はないと他の人間には否定している。もちろん、捜査報告書にも書かれない。

あの嘘は、あらかじめ考えてきたことなのか。

その問いに対して、日向はその場で考えたことだと答え、プロファイラーの朝比奈の、罪悪感を刺激したら自白するかもしれないという助言に従っただけだと付け加えた。

即興にしては、できすぎた嘘。久保は、日向をまじまじと見る。そんな嘘を咄嗟に思いつくような人間には見えない。

元田の犯行動機は、怨恨だった。ただ、怨恨といっても、湯屋葵で肩がぶつかって怒鳴られたことを根に持ち、それが殺意へと育ったという、なんとも幼稚な怨恨。

元田の私生活はボロボロだった。半年前に大型案件に失敗してから業界での評判が悪くなり、依頼が入ってこなくなったらしい。仕事が上手くいかず、フラストレーションを蓄積し、それが取るに足らない恨みを殺意へと押し上げる要因となった。

パイクリートで人殺しを成功させることで、自信を取り戻そうとしたらしい。パイクリートは溶けにくい性質なので、ビニール袋に入れて、鞄に入れて持ってきたという。浴室には、タオルでくるんで持ち込んだらしい。

犯行現場を湯屋葵の露天風呂にしたのは、パイクリートの素材となるトイレットペーパーが薬草湯で見えにくくなることを期待してのことだった。また、出入り口に金属探知機が設置されていたので、凶器が分からずに警察が混乱し、それを見て悦に入りたかったという。

元田の短絡的で、愚かな犯行動機。

警察も馬鹿ではない。いずれ、元田に到達していた可能性は十分にある。

しかし、日向が早期に解決しなければ、トイレットペーパーは手に入らなかったかもしれない。現に、トイレットペーパーはゴミ袋に入っていて、捨てられる寸前だった。自白だけでは、裁判でひっくり返される恐れがある。弁護人に入れ知恵されて、犯行の否認に転じるケースも多々ある。

トイレットペーパーのような客観的証拠があれば、裁判を有利に進められるし、たとえ元田が犯行を否認したとしても、その意見は弱くなる。

日向が正義を早めたことで、事件解決に至ったといっても過言ではない。

「できました」日向が顔を上げる。

「今回の捜査報告書です。今回も、ちょっと作文しました。メールで送っておきますので、ご確認ください」

「……おお、分かった」

言い終わるが早いか、メールが届く。

ファイルを開き、内容を確認する。

作文された捜査報告書からは、女性の影が一切排除されていた。

日向は、捜査報告書で女性から助言を受けたことを書かず、事件解決の功績をすべて久保に譲っていた。

本人いわく、これには深いわけがあった。

捜査報告書　本文

記

一、捜査の端緒
　二〇二一年一月十三日午前十一時頃、湯屋葵を利用していた多田亮平が浴槽に浮かんでいる遺体を発見。湯屋葵の従業員である姫城典子の一一〇番通報による。

二、事件の概要
　一月十四日より、警視庁捜査一課予備班である久保謙太《けんた》警部補と、日向創巡査部長とで事件の概要を確認。捜査に当たる。

　被疑者は、パイクリートで作ったナイフ状の鋭利な物体を使って被害者の胸を刺し、その場で死亡させ、逃走したものである。殺害の具体的方法については別紙参照。

三、被疑者及び被害者
被疑者　元田浩介　三十七歳
被害者　川村大蔵　四十五歳

四、被害程度
胸を刺されたことによる失血死。

五、捜査の経過
(ア) 予備班所属の久保と日向が凶器を探していたところ、パイクリートを使って被害者を刺殺したのではないかという推測を久保が立てる。
(イ) 科捜研による犯行現場の湯の分析結果と推測を基に、久保が湯屋葵の利用客を確認すると、被疑者が浮上する。
(ウ) 被疑者宅のトイレットペーパーの分析結果により、凶器にパイクリートが使われたことが濃厚となる。

（エ）その事実を突きつけて久保が尋問。被疑者の自白に至る。

六、逮捕の必要性

前記の状況から、本件は被疑者の犯行と認められる。被疑者の犯行は計画的なものであり、被害者に過失は一切ない。

よって、本件を立証するには、被疑者を逮捕し、送検する必要がある。

以上

第二話　彫師《ほりし》

捜査報告書

二〇二一年三月十一日午前十一時頃、東京都豊島《としま》区池袋《いけぶくろ》二丁目の松栄《しょうえい》マンションにおいて発生した殺人事件を捜査した結果は、次の通りであるから報告する。

1

久保は、バーカウンターに突っ伏した。

アルコールに起因する頭痛。明らかに、悪酔いしている。

ここに来る前に入った店が原因なのは間違いなかった。有楽町のガード下に密生する居酒屋は価格が安くて懐《ふところ》に良心的だったが、当たり外れもある。今日の店は、料理は当たりだったが、酒が外れだった。

一合百円の日本酒。怪しかったが、安さに惑わされてつい手を出してしまった。運ばれてきた日本酒は、見た目は普通だったが、明らかに味が変だった。

開封してしばらく経ち、酸化していたのだろう。

その酒で悪酔いしたのは明らかだった。このまま帰ってもよかったのだが、良い酒を飲んで中和したいという気持ちが勝った。

新橋駅の近くにあるバー〝スピリッツ〟で腰を落ち着ける。高い店ではなかったが、安い店でもない。いつもは一杯か二杯飲んだら終わりだった。

ただ、今日は違った。

殺人事件を解決したと告げたら、マスターが一杯ご馳走すると言ってくれた。久保は、そのお言葉に即座に甘えることにした。

アルバイトの史乃も労ってくれて、最近作り方を覚えたというギムレットをご馳走してくれた。

その後、別の客も事件解決を祝ってくれて酒をご馳走してくれた。サントリーが寿屋《ことぶきや》という名前だったころのウイスキー〝角〟を使い、ハイボールを作ってもらった。それを飲んでから、いよいよ足取りが覚束《おぼつか》なくなる。

気分は良くなっていたが、目の焦点が合わなかった。

時間も遅くなり、店内の客は久保と日向だけになる。

最近久保は、食べ方に凝るようになっていた。ハリウッド俳優のブラッド・ピットが食事をするシーンが格好良いと、この前飲んだときに隣り合わせになった男から聞いたのだ。それから久保はブラッド・ピットの食事シーンを確認するために、出演する映画をいくつか観た。『ジョー・ブラックをよろしく』でピーナッツバターを食べるシーン。『トロイ』で肉を頬張るシーン。『処刑教室―最終章―』でリンゴを嚙《かじ》るシーン。『オーシャンズ11』でチーズバーガーを頬張るシーン。『オーシャンズ13』で餃子《ギョーザ》を食べるシーン。

たしかに、格好良かった。それからというもの、久保はブラッド・ピットを意識した食べ方をするようにしていた。フォークを使って、目の前にある柔らかいビーフジャーキーを頬張る。ブラッド・ピット風に。

静かな店内。そろそろ閉店だろう。

「……お前って独身だったよな」

久保の、回らぬ頭から口へと転がり出てきた言葉。考えがあって言ったわけではない。ただ、なんとなく口にした話題がこれだったというだけの、特に盛り上がりそうもない話題。

「はい。そうです」

円錐《えんすい》の形をしたグラスを傾けつつ、日向は答える。二杯目のギムレット。

「じゃあ、結婚を考えている人とかはいないのか」

日向は首を横に振る。目が霞み、顔が三つくらいに見えた。

カウンターの向こう側にいるアルバイトの史乃と目が合い、すぐに逸らされる。久保は顔を手で拭った。今日もなにか付いているのだろうか。そういえば、史乃はあまり日向に熱を上げていないような感じがする。

──まぁ、俺が気付かないだけだろうな。案外鈍いし。

そう思った久保は、日向を睨みつける。

「それなら、遊びで付き合っている奴は？」

「……そんな人もいません。正真正銘の独り身です」

「本当か？」

追及されたことに対して、日向は困り顔になる。

「嘘を吐いてどうするんですか。前に僕の家に来たときに、女っ気のない部屋だって笑っていたじゃないですか」

「あー……」

そんなこともあったなと思う。

築浅のマンションの二階。1Kの部屋。あの部屋に女は呼べないだろう。

日向の言うとおり、一緒に仕事をしていても、女の影はまったくなかった。そのことが不思議で仕方ない。

「お前さ、女性に好かれるのを嫌がっているけど、本当に困っているのか？」

「え……困っていますけど、どうしてですか」

「いや、男なら誰だってモテたいと思うだろ、普通は」

「……え？」

目をぱちぱちとさせた日向は、やがて驚いたような反応を示す。意外そうな表情。視界がぼやけていたが、久保にはそう見えた。

「え？」

むしろ久保自身が驚き、呆れ、落胆する。

「お前みたいに、生まれながらのモテ男には分からない理論だったな」

「……そうなんですかね……よく分かりませんが」

困惑気味に答える。

――なんだよその返答は。地球が丸いことを疑問に思う奴があるか。地動説を疑う奴があるか。あれ、天動説だっけ。

「たしかに、お前を見た女性は過剰行動を起こすが、それがどうしたっていうんだよ。それに、お前もこのままでいいのか？　そんなはずないだろ。いいわけ……」

言葉の途中で久保は、視線をバーカウンターに落とす。

ガクン、と肘がバーカウンターから落ちる。

そこからの記憶はなく、気付いたときには、自分の家のベッドの上だった。

寝苦しさで目覚めた久保は、しばらく天井を眺めていた。

腕を伸ばし、手を開いたり閉じたりする。ぼやけた感覚。まだアルコールに影響を受けている証拠だ。

上半身を起こし、状況を確認する。寝間着に着替え、しっかりと布団がかけてあった。息を吐く。臭い。歯は磨いていないらしい。

昨晩の記憶が欠落している。

いや、タクシーに乗った記憶が、なんとなく残っていた。

立ち上がって、床に転がっている財布を手に取る。中身は減っていないので、日向が酒代とタクシー代を出してくれたのだろうか。思い出すのを止め、考えないことにする。覚えていなければ、金を返す必要もない。

身体の節々が痛かった。一晩寝ても、まだアルコールが抜け切っていない。気持ち悪いというほどではないが、調子が良いわけではない。

熱いコーヒーと食パンとバナナを食べて、身だしなみを整えてから家を出た。

〝一週間をおっぱじめるぞ〟モードにはほど遠いテンションだった。

桜田門にある警視庁に到着し、捜査一課が詰める部屋に行くと、すでに日向の姿があった。

「あ、おはようございます」

立ち上がり、丁寧なお辞儀。生真面目という言葉がピタリと当てはまる。

昨晩は同じくらい飲んだはずなのに、日向には酒の後遺症が見られなかった。

久保は自分の老いを意識する。老いを追いかけている気がする。またオヤジギャグが出てしまった。もう末期だ。

「……昨日は、悪かったな」

おそらく迷惑をかけているだろうから、とりあえず謝罪しておく。そして、昨日の酒代とタクシー代を請求されないかと戦々恐々とする。

「いえ、楽しいお酒でした」

日向は笑みを浮かべる。本心からの言葉のように感じた。そして、酒代とタクシー代を請求されることもなかった。

一安心していると、背後から足音が聞こえてきた。

「おい、殺しだぞ」

飛んできた声の方向に顔を向ける。

三係の刑事が、面倒そうな表情を浮かべ、頭を掻きながらこちらを見ていた。

2

物心ついた頃、目の前にレールが敷かれていることに気付いた。

一切の脱線を許されないレールは、しっかりと遥《はる》か彼方まで伸び、そこに自分の足は固定されていた。目には見えないレール。触れることのできないレール。ただ、実際に目に見えるようで、ともすれば触れるくらいの存在感があった。小森亜希《こもりあき》にとっての人生は、パンタグラフから電気を取り込んで、車輪に繋がるモーターを回し、時刻どおりに動くだけでよかった。方向など考えず、レールの上を進むだけでよかった。

それだけしか許されなかった。

父親は高校の国語教師で、母親は中学校の国語教師だった。二人は文学を愛し、文字を愛した。そしてその鋳型《いがた》に、小森をはめ込もうとした。

決して、強要ではなかった。暴力を振るわれたり、強い口調で強制されたわけではない。

むしろ、文学の素晴らしさ、小説の持つ力強さを教えてくれ、そして、それらに満ちた世界で小森もまた生きるべきだと熱意を持って伝えてきただけだった。

文学。小説。文字。それらが生きる世界。両親が望んだ枠は、圧倒的な善意で出来ていた。それゆえに、両親が愛するもので溢れる世界以外で生きることなど、小森は一瞬たりとも考えなかった。

両親は文字を愛し、小森も文字を愛した。

高校を卒業し、希望していた大学の文学部に入学することができた。

文字のある世界で生きることは決まっていたが、どんな職に就くのかははっきりとしていなかった。両親のように教師になるつもりはなかった。人前に出ることが苦手だったので、大勢を前に話をするなど考えたくもない。

大学二年生のとき、飯田橋《いいだばし》にある商業ビルに入る書店に行くと、たまたま催しをやっていた。

校閲者の仕事公開イベント。

よく分からなかったが、興味本位で立ち寄った。校閲者の存在はもちろん知っていたものの、仕事ぶりを見るのは初めてだった。

どうやら、大手出版社が主催したものらしかったが、イベントと言っても、地味なものだった。校閲者が椅子に座り、机に向かってゲラを読み、ペンでチェックを入れたり、辞書やパソコンで調べ物をするだけ。ほとんど動きはない。小森と同じく興味本位で立ち止まった客も、すぐに立ち去っていく。その流れに逆らって、小森はその場から動くことができなかった。そして、ペンと視線が文字を追っている姿に魅入られた。視線が止まり、ペンが動いて文字を書き込むシーンを食い入るように見つめた。

文字同士の連なりが文章となり、文章同士の繫がりが物語となる。

物語は、文字なのだ。

当たり前のことに気付き、その事実に小森は打たれた。

そのイベントが、小森の進路を決定づける要因となった。そして、校閲部が有名な芸談社《げいだんしゃ》を志望し、無事に入社することができ、奇跡的に校閲部に配属された。

今も、親が作ったレールに沿って生きている。現在、社会人三年目。

小森は、主に小説の校閲を担当していた。純文学もやるにはやるが、ミステリー作品がダントツに多い。ミステリーといった娯楽小説は比較的売れやすく、自然と出版点数も多くなり、担当作品の割合も増える。

正字《せいじ》の直しやルビの初出確認が一段落したところで、時計を見る。ちょうど、終業時刻だった。学生時代に学校で聞いていたものと同じチャイムが鳴り、校閲部の部員が帰り支度を始めた。

芸談社の文芸担当の校閲部は、定時退社が基本だった。対して、文芸編集部は不夜城だったが、それはかつてのことで、今は極力残業するなというお達しが出ており、編集部の人間と帰宅時間が重なることもある。かつてはあり得ない光景だったと聞いた。

机の上を片付けていると、背後に人の気配がした。かすかな甘い匂い。誰が立っているか、すぐに分かった。

「仕事終わり？　なら、ちょっと飲みに行かない？」

この業界に足を踏み入れるきっかけを作ってくれた柿沼良子《かきぬまよしこ》が声をかけてくる。四十代半ばなのに、若々しい。同性の目で見ても、十歳は若く見えた。

「いいですよ」

少し迷ったが、そう答えて立ち上がり、バッグを肩にかける。

飲みたい気持ちが勝った。

この時間帯、六基あるエレベーターは混雑する。なかなかやってこないし、来ても満員だった。そのため、階段で降りるのが常だった。校閲部は七階なので、それほど苦痛ではない。

正面玄関を横切って、社員通用口を抜ける。

三月になり、冬がなりを潜めた。そして、だんだんと春の気配が顔を覗かせてきていた。今年は暖冬で、マフラーをする日が少なかった。そもそも、寒いと感じるよりも、冬の割には暖かいなと思う日のほうが多かった気がする。もともと寒さに強いというのもあるだろう。現に、隣を歩く柿沼は寒そうにしていた。

歩いてすぐの立地に建つ〝手仕事《てしごと》や〟という居酒屋に入る。この時間なら、予約なしでも問題ない。

天井から照らされる暖色の光の下、歪《いびつ》なコの字型をしたカウンターが伸びている。すでに、半分ほどの席が埋まっていた。杯を傾けている客の中に、なんとなく見覚えのある顔もあった。たしか、芸談社の雑誌編集者。社屋から徒歩二分の距離にあるので、社員食堂のような様相を呈するときもある。

入り口付近のカウンターに座る。金髪ショートカットの若い店員が近づいてきて、おしぼりを渡してくる。

「いつもありがとうございます。ビールでいいですか」

黒縁眼鏡をかけた店員は笑みを浮かべた。ここには頻繁に通っているので、いつしか顔見知りになっていた。たまに、新しく入荷した日本酒を試飲させてくれたりもする。小森と同じくらいの年齢かと思ったが、十七歳だと聞いて驚いた。名乗り合ってはいないので名前は分からないが、彼女が店にいると気持ちが和んだ。ほかに客がいないときに、少しだけ話したことがあった。どうやら、芸談社のグループ会社である出版社でもアルバイトをしているらしい。

ビールが二つ。そして、お通しと表現するには豪華すぎる料理が運ばれてくる。高《こう》野《や》豆腐を使ったものと、青菜に柚子《ゆず》の皮が載ったものと、牛か豚の肉を甘いソースに絡めた何か。自炊をしない小森にとって、どういった工程で料理が作られているのか分からなかったし、必要に迫られるまで、知るつもりもないことだ。

「お疲れ様」

互いのグラスを軽くぶつけ、口をつける。文字通り、身体に染みた。

この店は焼き鳥に力を入れているらしく、美味《おい》しかった。小森は、毎回ここに来ると、決まったものを頼んでいた。金髪ショートカットの店員が、いつもの注文で変更はないかと聞いてきたので頷く。カウンターで囲われた調理スペースで、焼き鳥を焼き始める。常連になると、こういうところが楽だ。

焦げた肉の匂いが、食欲を刺激する。パチパチと火が弾ける音も耳に心地よい。

「この前言っていた作家だけど、けっこう厄介だったよ」

ビールを半分ほど空けた柿沼が、ため息混じりに言う。

小森は記憶を辿る。厄介な作家という言葉で、候補が三つに絞られる。そして、この前という情報で、一つに絞られた。本を出せば映画化されるような男性作家。超売れっ子といっていいだろう。

「普通だったら担当を降りたいって泣きわめきたいけど……でも、良い作品書くんだよなぁ」

柿沼が愚痴る。いくつかエピソードを聞いたことがある。一番笑ったのは、飼っていたセキセイインコが死んだということで各社の担当編集者が全員呼び出され、一緒に泣いてくれと作家から頼まれた話だ。各社の担当者は正座をしたまま洟《はな》を啜《すす》ったり、無理に泣こうと力んで顔を赤くしていたという。

苦労は絶えないようだが、柿沼は楽しそうだった。

柿沼は、小森が入社した年に入れ替わりで校閲部から文芸編集部に異動になった。小森は、柿沼の後任ということで、直接仕事の引き継ぎを受けた。

出版社に入ってから、ずっと文芸書の編集者になりたかったらしい。イベントでの柿沼の仕事ぶりを見て校閲者になろうと決意したので、そのことを聞いた小森は少なからずショックを受けた。

それとなく理由を聞くと、物語をより良く紡《つむ》ぐ手伝いをしたいということだった。校閲は、文章を整えたり整合性を取ることが仕事で、物語の流れを変える立場にはない。

その話を聞いて、小森は自分が校閲者に惹《ひ》かれた理由を理解した。小森は、物語を作るのではなく、物語に寄り添う仕事のほうが性に合っていると感じていた。要するに、保守的なのだ。自分の力でなにかを変えたいとは思わない。それよりも、誰かの力添えをしたい。

──編集者になりたいわけではありません。

面接のときに発した言葉は、自然と出てきたものだった。あんなことを言って、よく採用されたものだ。校閲部に行きたい。それが、小森の望みだった。そして無事に、新卒ではまずありえない人事と言われた校閲部に配属になった。

一緒に仕事ができないのは残念だが、後任ということで、憧れた人に直接指導を乞うことができたのは僥倖《ぎょうこう》だった。二人とも、夢が叶ったのだ。

カウンター越しに白レバーが載った皿を出される。これ目当てにここに来ていると言っても過言ではなかった。

舌鼓《したつづみ》を打ちながら、ぽつりぽつりと言葉が発せられる。

二人の会話のテンポは独特だ。

泡のように浮かんでいって、弾ける。その繰り返し。キャッチボールとは言いがたい。端《はた》から聞いたら、さぞつまらなそうな食事会に見えるだろう。しかし、少なくとも小森にとっては、このテンポが心地よかった。

沈黙を共有できる人だと勝手に思っているが、柿沼がどう思っているのかは、聞いたことがないので分からなかった。

ただ、常に沈黙が横たわっているわけではない。ときどき、複数の泡が連続で浮かんで弾けることもある。しかし、それほど頻繁ではなかった。

「あれ、今日は飲まないね？」

三杯目のビールを飲みながら、柿沼が指摘する。

まだ一杯目で、グラスの半分も減っていなかった。

お酒は好きだった。ただ、深酒はできない。今日は。明日に備えて、できるだけアルコールの摂取は控えたい。

「調子が悪いとか？」

すまなそうな顔。

「いえ、ちょっと明日用事があって」

そう言いつつ、グラスの中身を四分の一まで減らした。飲みたいのはやまやまだったが、身体にアルコールが残るのは困る。

「用事……そっか」

そう言いつつ、柿沼は四杯目のビールを注文した。

店を出て、柿沼を駅まで見送った小森は、歩いて家路につく。

いつもより早めの解散だった。飲み足りない様子の柿沼は、一人で二軒目に向かうようだった。

夜風が少し肌寒い。それでも、冬と決別したのだと実感する。

人混みが苦手だった小森は、芸談社の内定をもらってすぐに会社に徒歩で通うことのできる家を探した。編集者の出社時間は比較的柔軟だったが、校閲部の人間は普通の会社と出社時間は変わらず、電車通勤をすれば、間違いなく通勤ラッシュに巻き込まれることになる。千駄木《せんだぎ》に社宅はあったが、そこに住むという選択肢はなかった。家賃は少し高くなってしまったものの、徒歩圏内に住む価値はあったと思っている。居を構える東池袋は、会社から徒歩で二十分ほどの距離。雨のときはつらいが、ぎりぎり歩いて通える範囲だ。

築三十年のマンションの二階で、共用玄関にはオートロック。最低限の条件を満たし、後は妥協した。

服を脱ぎ、水を一杯飲んでから浴室に向かう。アルコールで身体が火照っていた。温めのシャワーを浴びる。髪を洗い終え、身体に移る。汚れを洗い落としてから、ほっと息を吐き、そして、浴室内にある小さな鏡で左脇の下を確認した。

そこには、完成間近の刺青《いれずみ》が彫られてあった。控えめなバラ。縦が五センチメートル、横は三センチメートルほどの大きさ。そっと、指で触れる。施術中の記憶が蘇ったのか、皮膚が引っ張られるような痛みを感じる。湿気で曇《くも》る鏡にシャワーをときどき当てながら、刺青を確認する。間違いなく、そこにあるもの。自分の意思で、刻印したもの。

シャワーの湯を止め、浴室を出た。

スウェットを着て、ベッドに寝転ぶ。家具は、最低限しか置いていなかった。ただ、本棚だけは別だ。壁のほとんどを覆い隠している。部屋の中で、もっとも存在感のあるものが本だ。

小説を読むのは好きだった。愛しているといってもいい。小説は、人の人生をなぞることができる。経験を俯瞰することができる。主人公ではなく、あくまで第三者という立ち位置で物事を見届けることができる。

映画は、少し違う。あれは、自分が介在する余地を一切与えることなく、勝手に流れ去ってしまう。

自分と映画の間には、かなりの隔たりがあるような気がするが、小説は、融合せずとも接触しているような距離感があった。体温を感じることができた。

小説に出会えた人生に感謝している。そして、小説に、なにより文字に関わることのできる人生を歩める幸運を日々嚙みしめている。

日本で最高峰の国立大学で優秀な成績を収めていたことと、その年に芸談社が出していた漫画が大ヒットしたお陰で採用人数が普段より多かったので、なんとか入ることができた。これが別の年度だったら、入社できたかどうか自信はなかった。恵まれている。ただ、それらは勝ち取ったものではなく、与えられたものだと思っていた。

小説の素晴らしさに気づき、文字を愛し、会社に入社することができたのは、両親の手柄のような気がしてならなかった。

小説を好きになったのも、会社に入ることができたのも自分の手柄。そう思えることができれば、どれだけ気が晴れるだろうか。普通なら、そう考える。でも、そうは思えなかった。感覚的なものだから仕方ないと小森は諦観していた。

服の上から、脇の下にある刺青に触れる。

刺青を身体に入れる。

これは、誰の影響か。

翌日。

予約時間である十一時に間に合うように家を出た。

池袋駅の西口から徒歩で十分。猥雑《わいざつ》な看板がひしめいているエリアを抜けた場所に建つ、五階建てのマンション。ここが目的地だった。

オートロックではないので、共用玄関を抜け、エレベーターで三階に上がる。

清掃が行き届いておらず、廊下の汚れが目立つ。

向かったのは、一番奥の部屋だった。看板はなく、ここで刺青を彫っているなど分からない。そもそも、営業許可すら取っていないようだった。

インターホンを押す。しばらくすると、不機嫌そうな男の声が聞こえてくる。

「あの、予約している小森です」

最初にここを訪ねたときの緊張具合に比べたら、今は格段にましになっている。それにもかかわらず、声が震えてしまう。

〈鍵は開いてます。どうぞ〉

ドアノブに手をかけて、中に入る。

履きつぶされたスニーカーが一足だけあった。靴を脱ぎ、薄暗い廊下を進む。

施術室は、西側に位置する一室だった。

最初にここを訪れたときはリビングまで行ってしまった。整理整頓された室内は、色味の薄い家具で統一されていた。

彫師という職業について考えると、どうしても過激な人物を想像してしまう。そういった人物の部屋は、当然派手に違いないと覚悟して出向いたのだが、拍子抜けだった。

ドアが開いている。施術に入る前に、男と目が合った。

「どうぞ」

インターホン越しのときと同じトーン。

促され、椅子に腰掛ける。

声の主は、前髪を目の辺りまで伸ばしていた。肌の感じから、年齢は四十歳くらいだろうが、自信はない。無味無臭。匂いもなければ、生気も感じられない。人間に見えないときもある。皮膚を剥がしてカーボンが露出したとしても、どこかで納得してしまうだろう。鼈甲《べっこう》フレームの眼鏡の奥にある瞳は大きく、そこだけ見れば女性のようだ。ただ、背が高く、太い腕は筋骨の逞《たくま》しさを窺わせる。体躯《たいく》に女性らしさはまったくない。

部屋の中央には、病院で見かけるような診察台が置かれている。窓際にある棚には、電子レンジのようなものがあった。オートクレーブというものらしい。器具を滅菌するための装置。

もちろん、刺青を施すための器具も置いてあった。

タトゥーマシン。その形状から、タトゥーガンと呼ぶ人もいるらしいが、業界でそう呼ぶ人はほとんどいないと言っていた。

刺青を入れる方法は二種類ある。手彫りは読んで字のごとく、手を動かして彫る方法だ。一般的に、針を複数本束ねたものを使う。束ねた針には染料が蓄えられ、皮膚に刺すことで染料が流し込まれて、真皮層に沈着する。手彫りによる仕上がりは、色が濃くて鮮やかになる。

それに対して、機械彫りは鮮やかさで劣るものの、複雑な模様を描きやすい。タトゥーマシンは電気を使う。機械の中心にある二つのコイルに電流が流れると、針が先端から押し出され、真皮まで届く。バネの力によって針が高速で上下する。彫師は、先端の移動速度を調整し、絵を描いていく。チューブにインクを入れ、それが先端部分の針を通じて、真皮まで到達し、肌に色が残る。

こちらも皮膚に刺さる針は一本ではなく、何本かを束ねている。輪郭を描くライナー針と、内側を塗りつぶすシェーディング針。

すべて、刺青を入れる前に情報収集して得た知識だ。

校閲という職業は、文章を正しい日本語にするだけではない。事実確認もする。そのためには、いろいろな資料から情報を仕入れる必要がある。そういうことを生業《なりわい》にしていると、否が応でも調べ癖がついてしまう。

「調子は、どうですか」

「あ、しっかりと寝たので元気です」

そう答えた小森は、質問の趣旨に気づき、刺青は問題ないと訂正する。

「よく寝たのなら、大丈夫ですね」

特に笑みを見せるでもなく、男が言う。

本当は、緊張してなかなか寝付けず、寝不足だった。

「では、始めましょうか」

そう言うと、器具の準備を始めた。

小森は、一瞬の躊躇の後、ハンガーにスプリングコートをかけて、薄手のセーターを脱いだ。

普通だったら、この状況下で裸体をさらすなど考えられない。しかし、刺青を彫るには上半身を晒《さら》さなければならないし、場所が場所だけに、下着を取る必要もある。

この空間には二人だけ。体格差があるので、力尽くで迫ってこられたら、抗《あらが》うことはできないだろう。

しかし、不思議と安心感があった。全幅の信頼を寄せているわけではないが、襲われることはないだろうという確信に近いものがあった。今まで女性として生きてきて、異性の思考をある程度読めるようになっていた。特に、目を見れば、大体分かる。たとえ、舐《な》めるような視線ではなくとも、粘度を感じる視線を向けられると、危険を察知することができる。表面だけを取り繕っている相手は、すぐに分かる。

しかし、この男からは、そういった粘度をまったく感じなかった。

ただ、あまりに無機質すぎて、自分の身体が素材のように思えて複雑な気持ちになった。

「それでは、始めましょうか」

服を脱いだことを確認した男は、診察台に視線を移動させながら呟くように言う。

その指示に従い、仰向けに横たわった。

「見せてください」

左手を右肩に置き、少しだけ横向きになった。背中の浮いた部分に、クッションをあてがわれる。クッションには、折り目のついた真新しいシーツが被せられていた。

刺青を入れた部分に、手が触れる。ラテックスグローブ越しに、体温が伝わってくる。嫌な感じは一切なかった。

部屋の中を観察する。

天井や壁の壁紙は白く、染み一つない。どこもかしこも清潔で、まるで部屋をまるごと洗濯機に入れてから日干しをしたかのようだ。心なしか、陽光の匂いもした。もしくは、コイルが焦げる臭い。

ここは、汚染のないエリア。コールド・ゾーンだった。

「部屋の掃除、大変じゃないですか」

その問いに、男は首を横に振る。

「いえ、全然。汚さないから、汚れないだけです」

真理だなと思う。小森の家は本が散乱している。汚すから、汚れるのだろう。

男は、始めますと言う。小森は頷いた。

モーターが回る細かい音が部屋を満たす。ホワイトノイズと表現していいのか分からないが、リラックスできる。今からマッサージでも受けるかのようだ。

脇の下に、痛みが走り、僅かに顔を歪めた。ギリギリ、我慢できるほどの痛み。

この男は、下絵を描かないようだ。

塗り絵師と呼んでいいような稚拙《ちせつ》な技術しか持たない彫師は、他人が描いた下絵を貼り付けて塗りつぶすだけらしい。たとえ下絵を使わなくても、彫師のほとんどは、肌に彫りたい模様を水性ペンなどで描く。しかし、この男は、頭の中にある絵をそのままタトゥーマシンを使って出力する。文献やインターネットで調べる限り、その手法で綺麗な刺青を仕上げられる人は稀らしい。

ただ、それがこの彫師を選んだ理由ではない。

そもそも、刺青を入れようと思ったのは、単なる気まぐれに過ぎなかった。今までの人生で、刺青を入れたいと思ったことはなく、憧れもなかった。それなのに、こうして一歩を踏み出した。

刺青を入れようと思った理由は単純。校閲した小説のゲラに、刺青のシーンがあり、その表現がとても綺麗で、自分も体験したいと思ったのだ。

刺青をどこで入れるかは悩んだ。タトゥースタジオと呼ばれる店のホームページを、検索で引っかかる限り調べ尽くしたが、どれも今ひとつだった。

やはり、刺青はハードルが高すぎた。そう思いながらネットサーフィンをしていると、ある写真に目が留まった。画像は粗かったが、茶色い鳥の刺青だった。その鳥のバランスが少しだけ悪く、色合いも妙だなと思いつつも、なぜか釘付けになった。

画像検索をしたり、キーワード検索をしたりしたが、なかなか辿ることができなかった。それでも、校閲を生業にする者の執念で、誰が彫ったのかを特定した。

〝彫師A〟

これが、ソーシャルネットワークでの男のハンドルネームだった。ダサい名前だなと思いつつも、本人が匿名性《とくめい》を重んじたいのだなという意図は伝わった。

――刺青を入れたい方は、ご連絡を。

自己紹介文に書かれた文章はそれだけ。コメントは一切なし。ツイートもなかった。

ただ、茶色い鳥の写真を眺めながら、この人しかいないと直感した。

刺青を入れるには相当の勇気が必要だ。小森自身、思い切りがいいタイプではない。話を聞いて怖じ気づいたら帰ってしまおうと、心の中に逃げ道を作っておいた。

及び腰になりながら、男にダイレクトメッセージを送った。

すぐに返事があった。

どうやら、スタジオを持っていないらしく、マンションの一室での施術になるということだった。一瞬だけ躊躇したものの、話だけでも聞かせてくれないかと送った。

問題ないと返ってきて、住所が添付されていた。

そして、今に至る。

針が皮膚を貫く痛みがなくなる。

「大丈夫ですか」

男の問いに、小森は目を開ける。口元が引き攣っていた。どうやら、苦悶《くもん》の表情を浮かべていたらしい。

「大丈夫です。続けてください」

そう答えると、再び脇の下に痛みが走る。

この男に話を聞きに行った日に、一回目の施術を開始してもらった。

彫師は、精神科医でなければならないというのが、男の持論らしかった。自暴自棄になってタトゥーを入れる人や、恋によって夢見がちモードに突入して恋人の名前を彫ろうとする人物も少なくない。未成年が親や社会に反抗するために彫るケースもあるらしい。

それらに当てはまる人は追い返すと言っていた。彼らに刺青を入れたら、いつか、彼ら自身が絶対に後悔するのが目に見えているのだという。

ただ、特に覚悟して来たわけではない小森は追い返されることなく、刺青を彫ってくれることになった。

人が刺青を入れる理由は、大きく分けて二つあるらしい。描かれた絵や文字から力をもらおうと思うか、それに守ってもらおうと考えるか。

自分は、そのどちらに属するのだろうかと小森は思案しつつ、刺青を彫ってもらう場所を検討した。すでに恐怖心は霧散し、心を解きほぐされ、刺青を入れる決心をしていた。この男は信用できる気がした。安心した。覚悟などなかったにもかかわらずそう思わせたのだから、男は優秀な精神科医なのだろう。

全身を確認された。

そして、脇の下にある傷を使っていいかと男が提案してきた。

大学一年生のときに患った自然気胸《しぜんききよう》。肺に開いた穴を塞《ふさ》ぐため、全身麻酔《ますい》の手術をした。内視鏡を使っての手術だったので傷は小さいが、ビキニを着ることを躊躇したし、付き合った相手に、なるべく見られないように注意した。

その傷に、男は刺青を施したいと告げた。

なにを言っているのか分からなかったので聞き返すと、この傷を活かした刺青を入れるということだった。そして、それこそが、男がもっとも得意とするものだった。

小森は、最初に写真で見た茶色い鳥を思い出し、あれも傷を使ったのかと問うと、男は頷いた。あれは、生まれつき痣《あざ》を持っていた人に施した刺青で、茶色い痣を活用したものだということだった。

「終わりましたよ」

痛みが消え、男の言葉が降ってくる。

傷が、美しいバラになった。


月曜日。

小森はいつもの時間に出社し、先週から取りかかっているゲラの校閲を始める。

朝の、この時間が好きだった。

早い時間帯の出版社は静かだ。校閲部はもともと喧噪《けんそう》とは無縁の場所なので、輪をかけて静かな社内にいると、時が止まったような錯覚に陥る。

鉛筆を持つ手とは反対の手で、服の上から刺青にそっと触れてみる。痛み。たしかにそこにある。

「あれ、なんかイメチェンした？」

声をかけてきたのは、柿沼だった。突然のことだったので驚く。

「……どうしたんですか。こんな時間に？」

「週末に、例の作家さんから無理難題を押しつけられて。それで、調べ物とかがあったから、早朝出勤。早起きは辛いけど、この時間はやっぱりいいね」

目の下にクマを作った柿沼は、困ったような笑みを浮かべる。かなり疲労困憊《こんぱい》しているようだ。

熱っぽく潤《うる》んだ目が、小森の表面を這う。

「髪を染めたわけでもなさそうだし……化粧っ気はないし……なんだろ。どこが変わったんだろ」

ぶつぶつと呟き、首を傾げながら去っていく。

——どこが変わったんだろ。

柿沼の言葉を、頭の中で反芻《はんすう》する。

刺青を入れたのは変化だ。ただ、服を着ていれば見えるものではないし、それが護符となっているような感覚もない。

皮膚が突っ張ったような感覚はあったが、それが他人に覚られることもない。

ただ、柿沼に指摘されて、なにかが変わったのだろうと思った。それが少し嬉しかった。

刺青を入れた男のことを思う。観葉植物の栽培を趣味にしているような雰囲気の男。到底、彫師には見えない。

嫌悪感はなく、かといって好意というほどの積極的な感情もない。ほとんどフラットに近い。

名前も知らない男。マンションの玄関のプレートは白紙だった。

会うのはあと一回。

刺青の状態を確認してもらうときだけ。それが、少し寂しい気もした。もう一つ、入れてしまおうかという思いを振り払い、目の前のゲラに集中する。

他者が描いた世界を、より良く、正確に魅せるための仕事。調和と節度を与える仕事。

校閲という仕事は、天職といって良いだろう。

次の日が、男と会う最後の日だった。

朝の九時。

マンションに到着した小森は敷地内に入り、エレベーターで上がる。前回と同じマンション。ただ、その日はどこかが違って見えた。

廊下を歩き、男の部屋の前でインターホンを押す。

男の声が聞こえてくる代わりに、扉が開く。

世界がバグを起こしたのかと思った。テレビの向こう側できらきらと輝く俳優が、時空の捻《ねじ》れによって目の前に押し出されてきたのかと勘繰る。

圧倒的にかっこいい男が、立っていた。

「すみません。えっと、警視庁捜査一課の、日向と申します。こちらをご利用していた方でしょうか」

小森は、混乱をきたした思考を整理しようと視線を泳がせつつ頷く。

「そうですか……実は……」

割れたガラスの破片を拾い上げるような慎重な口調で続ける。

彫師の男が、殺されたということだった。

3

電子音で目覚めた久保は、布団の中で大きな伸びをしてから目覚まし時計を叩く。忌々《いまいま》しいやつだ。けたたましく鳴りやがって。

カーテンの隙間《すきま》から覗く外界はまだ暗い。爽快な朝とは言いがたい。

寝室として使っている部屋は、玄関からもっとも近い東向きに位置していた。不必要に窓も大きく、ここは外かと錯覚してしまうほどの寒さだった。

このまま動きたくないという甘い考えを一瞬で振り払い、布団を抜け出した。パジャマの上からパーカーを羽織り、静まり返ったリビングに向かう。

1LDKの部屋。いつでも女性を招けるように、きちんと片付けられていた。キッチンに移動し、水を一口飲んでから、コーヒーを淹れつつ、バナナを一本食べる。

静寂に包まれた空間で、コーヒーを飲みながらバナナをもう一本頬張る。そして、惣菜パンを一つ。朝食はだいたいこれで終わり。空腹感が残っていたら、ここにパワーバーを足すときもある。

髪を濡らし、十五分ほどかけて髪型をセットする。洗面台を見ると、短くて細い毛が数本落ちていた。すでに生気を失った、頼りない毛。毛根はついていない。まだまだ大丈夫だと思っていても、薄毛の危機が進行しているのではないかと空恐ろしくなった。

鏡で顔のチェック。最近、肌がたるんできている気がする。皺も増えた。化粧水を塗るようにしているが、効果はない。どこかに、お肌の駆け込み寺はないものか。

くだらないことを考えながら家を後にする。

桜田門にある警視庁のビルには電車で四十分ほどの距離だった。六時に家を出て、七時には到着した。

捜査一課が詰める部屋に入る。すでに、日向は出勤していた。相変わらず早い。夜討ち朝駆けの男。どこぞのブン屋かと心の中でツッコミを入れる。

「おはようございます」

立ち上がり、わざわざ近づいてきて挨拶してくる。相変わらず律儀だなと思いつつ、片手を挙げて応じた。

椅子に座る。日向が、コピーした捜査資料を渡してきた。

「際立った進展はありませんが、念のためです」

昨日のことを思い出しながら、資料を眺める。たしかに、目新しい情報はない。

「捜査本部の方針ですが、皇桜会《こうおうかい》による犯行だと考えているようです」

「……そうだろうな」

捜査資料を閉じてから立ち上がる。

「じゃあ、現場をもう一度見に行くか」

久保は立ち上がり、背伸びと大きな欠伸をした。

電車を使って移動し、池袋駅で降りる。そして、捜査本部が立ち上がっている池袋警察署を素通りし、犯行現場に向かった。

予備班にいると、刑事というよりも、私立探偵になったような気がしてくる。現に、そういった陰口を叩く刑事も少なくなかったが、久保は、この立場に居心地の良さを感じていた。檄《げき》が飛ぶ捜査会議に出なくていい。それだけで、心に余裕が生まれた。

一課の精鋭から予備班に異動になったときは戦力外通告されたと感じて落胆したし、今もふて腐れて仕事に身が入らない部分はあったが、そこまで悪くないと考えてもいた。

一課で捜査していたときよりも事件解決に寄与しているという実感があった。一課はチームワークを重んじ、個々の捜査員は事件解決のために歯車となって働く。個人が目立つ機会はほとんどない。

対して、予備班は二人しかいない。そして、予備班の活躍で解決した事件もあった。

手柄のほとんどは、久保によるものということになっている。表面上は。

「それにしても、寒いな……」

強風にあおられた久保は身体を震わせ、首をすくめる。薄手のコートは高級ブランドのもので、身の丈以上の買い物だったが、気に入っているので寒い日も着ていた。隣を歩く日向は厚手のダウンジャケット。暖かそうで羨ましい。

西口から歩いて十分ほどの場所に建つマンションが事件現場だった。建物は古く、オートロックも、防犯カメラもなかった。法定点検をしているのかと疑ってしまうようなエレベーターで三階に上がり、廊下の一番奥の部屋に向かう。

すでに現場検証を終え、規制線も取られていた。

日向が捜査本部から拝借した鍵で扉を開けて、中に入る。

部屋は寒々としていた。

久保は足音を立てないようにゆっくりと廊下を進み、リビングへと至る。遺体が横たわっていた場所に視線を向ける。家具のほとんどない空間の、ちょうど中央付近。

遺体は監察医務院に送られ、監察医による司法解剖が行われていた。死因は、胸をひと突きされたことによる失血死。凶器は発見できていない。

フローリングの血だまりは乾いて黒くなっていたが、まだ生々しさを残していた。

昨日臨場したときよりも血の臭いは薄くなっていた。ただ、ここで深呼吸をしたいとは思わない。

被害者の名前は、上村佑《うえむらゆう》。四十歳。十二年前にこのマンションの一室を購入している。捜査本部が調べたところ、定職には就いておらず、死んだ両親の遺産で暮らしていたようだった。マンション購入資金も、遺産から出たと思われる。

結婚歴はなし。交友関係は調査中。

第一発見者は郵便配達員で、ポストに入らない荷物を直接届けに訪問した際、廊下に面した小窓が少し開いており、そこから血の臭いがしたことで警察に通報したということだった。その郵便配達員は、自殺で大量出血した現場に過去二回訪問した経験があったことから、血の臭いを嗅《か》ぎ分け、すぐに遺体があると確信したようだった。今回で遺体発見は三回目。実に不運な郵便配達員だなと思う。

「やっぱり、皇桜会の犯行の線が濃厚ですかね」

リュックサックから写真を取り出した日向が声を漏らす。

久保は、写真を横目で見る。

そこには、上半身を露わにした上村がうつ伏せに倒れている。胸を刺され、それが致命傷となっている。現場検証から分かったことは、正面から刺されているということだ。傷はそれほど深くなかったが、刃物は肋骨の隙間を抜けて、心臓に至っていた。防御痕《こん》などもない。普通なら、背中は綺麗な状態のはずだ。しかし、上村の背中は鋭利な刃物で傷つけられていた。

そしてその傷は、文字になっていた。

〈汚き者は万死に値するのが教え〉

たしかに、そう書かれてある。

整った文字ではなく、むしろかなり乱れているが、判別することはできた。

「汚き者は万死に値するのが教え……またずいぶんと妙な信念を持ち出したものだな」

「まぁ、過激派っていうのは、得てしてそんなものですよ。だから、過激派なんでしょうね」

日向はそれが周知の事実であるかのように言う。

過激派。大日本《だいにっぽん》皇桜会は、まさにそれに属する。構成員こそ三十人と少ないが、準構成員の数は二百人前後おり、賛同する者はもっと多くいると見られている右翼団体だ。日本人であることを誇りに思うがあまり、排他的になってしまった組織。広域指定暴力団とは距離を置いているが、地場の暴力団とは懇意にしているようだ。

上村の死後に彫られたとされる文字を見て、最初に反応したのは、組織犯罪対策部の人間だった。いわく、上村の背中に彫られていた文章は、皇桜会の掟《おきて》の中のもっとも重要な一文ということだった。

「わざわざ掟を彫った理由は、見せしめのため」

口に出してみる。

映画などでマフィアが見せしめのために殺すようなものだと日向が言っていたのを思い出す。筋は通っている。当の皇桜会は犯行を否定しているが、犯行を認める供述をするほうが不自然だ。警察は、背中に彫られた文字のことを伏せているが、どこかで漏れる可能性は高い。見せしめが目的だとしたら、皇桜会が情報を流すだろう。

「犯行動機としては、少し弱い気がしますね」

日向は、リビングを見渡しながら答える。

たしかに、そのとおりだ。

当初、犯行動機は不明だったが、これも組織犯罪対策部の人間が挙手し、推測を立てた。彫師が出店するときは、そのエリアを仕切る暴力団と繋がる必要がある。例外もあると聞くが、勝手に開業することは許されない。ただ、もぐりで店を持つ場合もないわけではない。インターネットが普及した社会なので、必ずしも看板を出す必要はない。口コミだけで客を集めることも可能だ。

ただ、これは非常に危険な道であり、メリットはない。営業していることが明るみになったら、相応の制裁が待っている。大金を払うか、苦痛を伴う罰を受けてから大金を払うか。

上村は、匿名性の高いソーシャルネットワークを一つやっており、自らが手がけたと思われる刺青の写真を一枚だけ載せていた。

客となる人間は、上村のソーシャルネットワークのアカウントを探し出し、そして、ダイレクトメッセージで刺青を入れてほしいと依頼しているらしかった。すでにダイレクトメッセージで連絡を入れた人間を割り出す作業は始まっていたが、そこに割かれた人員は少数。元々匿名性が高いソーシャルネットワークなので、そこには手間がかかるし、そもそも皇桜会の犯行の可能性が非常に高いので、特定する必要はないと考えられていた。

帳簿もなく、顧客名簿も存在しなかった。どのくらいの客に対して刺青を入れたのか、把握は難しい。

調べたところ、上村は広告の類《たぐ》いを一切出していなかった。金銭的に不自由のない状態だったので、集客の必要はなかったのだろう。

「客の中に犯人がいる可能性も、ないわけではないですよね」

日向の言葉に、久保は曖昧に頷く。

「もしそうだとしたら、その客は皇桜会の掟を知っていて、わざわざそれを被害者の背中に彫った。なにかしらで皇桜会と接点のある人物である可能性が高い。つまり、どちらにしても、皇桜会を揺さぶったほうが早いってことだな」

答えながら、捜査本部の方向性は妥当だろうという考えが強まる。許可を取らずに営業をしていた上村に対し、皇桜会が激怒した。それも、殺すほどの怒り。これが、犯行動機。

犯人は、皇桜会の人間。

絶対とは言えないまでも、まず、手堅い線だ。深掘りする価値はある。

今回は予備班の出番はない。そう考えつつも、仕事はしなければならない。

事件が発生した場合、予備班は最低でも五日は捜査することになっていた。もちろん、疑義が生じれば捜査は延長する。今日で二日目。なにも進展がなくともあと三日は、この事件について思考を巡らせる必要がある。

予備班は、捜査方針が間違った方向に向いている場合の調整弁の役割を担っている。そうはいっても、捜査本部は優秀な頭脳が集まっている。間違いを起こすことは少ない。ただ、過ちがないわけではないので、予備班は捜査の粗探しをする。

そのため、予備班を疎んでいる刑事も少なくなかった。

ため息を吐いた久保は、リビングを出て、施術室に入る。

昨日も入ったが、改めて、非常に清潔な空間だなと思う。刺青を入れることについて今まで考えたことはなかったが、やはり、皮膚を貫く施術をする手前、雑菌などが入らないように気をつけなければならないのだろう。

新品のような機材を目で確認する。指紋が検出されないのではないかと思ってしまうほど手入れされていた。

ここで刺青を入れているイメージが湧かなかった。

「上村って男は、本当に彫師だったのか」

その問いに、日向は意外そうな表情を浮かべるが、すぐに納得したように頷く。言わんとしていることを汲《く》み取ったのだろう。

「僕も、なんとなく信じられません。写真を見るかぎりでは、植物学者と紹介されたほうがしっくりときます……植物学者がどんな顔なのかは知りませんが」

日向が少し茶化すような口調で言う。

久保は頷く。

「まぁ、殺された上村は、あんな顔になっていたけどな」

日向の言葉を聞きながら、目を見開いて絶命している上村の顔を思い出す。苦悶と驚きに満ちた表情を浮かべていた。生前の上村の顔は、どちらかというと優男《やさおとこ》だった。写真と死後の本人を並べても、同一人物だとは思えないほど、遺体の顔は変わっていた。そもそも、殺された人間が、生前の顔を保っていることなど稀だ。どの他殺体にも、絶望や苦しみといった負の感情が色づけされ、別の顔に変容していた。それまで培ってきた経験や記憶をすべて剝ぎ取られた顔。殺人という暴力の凄まじさ。

「刺青を入れるって、どんな気分なんでしょうね。レーザー治療や手術をする以外に消すことのできない傷を相手につけるのって、結構な重圧だと思うんですよね」

刺青に対する偏見は根強い。外国人の刺青をファッションだと受け入れ始めた日本人だったが、同人種の刺青には今も寛容さを見せていない。

「重圧……たしかにそうだな。まぁ、自分の腕に自信があるか、それほど重く考えてないんだろうな」

久保は適当に答えながら、綺麗に並べられた器具を見る。清潔に保たれ、それ自身が輝きを発していると錯覚するほどに磨かれている。

設備を見れば、ここで刺青を入れていたのは間違いないようだが、この場所で皮膚に針を突き刺しているという生々しい光景が想像できない。むしろ、生物を拒絶した空間にも思える。

生前、上村は自身の身体に刺青を入れていなかった。刺青のない彫師は珍しい。

捜査本部が上村の周辺を洗っていた。現在分かっているのは、上村は三年ほど前まで世界を放浪していたこと、特別深い仲の人はいなかったが、交友関係は幅広いようだった。

皇桜会に話を聞きに行くついでに、上村を知る人を当たってみようと思っていると、インターホンが鳴った。

警察関係者なら、ここの居住者が殺されていることを知っているので、インターホンを鳴らしたりはしない。

視線を向けてきた日向が部屋を出る。久保も後に続いた。

玄関の扉を開けると、モッズコートを着た女性が立っていた。背が高く、少し冷たそうな印象。近づきがたい雰囲気。だが、美人だ。好みではないが、十分いけるレベルだと久保は内心思う。

立ちすくんだ女性は目を点にしていた。皇桜会の人間には見えない。上村の交際相手だろうかと思っていると、日向が口を開いた。

「すみません。えっと、警視庁捜査一課の、日向と申します。こちらをご利用していた方でしょうか」

女性は警戒心と混乱が綯《な》い交ぜになったような表情のまま硬直していたが、やがて頷く。

「そうですか……実は……」

「俺から伝える」

日向を押しのけた久保は、一昨日、彫師である上村が殺されていたこと、その捜査中であることを簡潔に説明する。

話を聞いていた女性は驚いた様子だったが、特に悲しんでいる風でもない。不審点もない。被害者とは親しい間柄ではなく、ただの客。容疑者から除外してもいいだろう。その代わりに、久保の恋活の候補に入る。

久保は女性を玄関に入れてから扉を閉め、名前を訊ねる。

「……小森亜希です」

「小森さんですか。今日は、刺青を入れに来たんですか？」

「……えっと、もう刺青は入れていて……今日は、刺青の状態を確認してもらいに来たんです」

「アフターケアってことですか」

その言葉に、小森は頷く。

「そうですか。それにしても、刺青を入れるような方には見えませんね」

頭からつま先までを見る。コートを着ていても、スタイルが良いのが分かる。

「……私自身も、刺青を入れたことにびっくりしています」

本心からの吐露なのだろう。驚いた表情に偽りは見られない。

「いやぁ。そうですよねぇ。刺青って勇気いりますよねぇ」

再び視線を這わせる。

どこに刺青を入れているのかを聞きたかったが、それは我慢した。下心があると思われたくはない。

「ちなみに、刺青はどこに入れられたんですか?」

後ろから日向の声が聞こえてくる。デリカシーのない奴だなと思ったが、聞きたいことだったので成り行きに任せる。

「……えっと、ここです」

小森は胸の横、左の脇の下辺りを指差す。少し恥ずかしそうにしたが、嫌そうな顔ではない。むしろ、喜んでいるようにも見える。顔を真っ赤にしているが、歓喜の表情といっても差し支えない。

——日向と喋《しゃべ》ることができてそんなに嬉しいか!

ダークサイドに落ちそうになった久保は、ぎりぎりで平静を保つ。

「そうですか。本当に、ここで刺青を入れたんでしょうか」

まるで尋問のように日向が訊ねる。

久保は慌てて日向を引き寄せる。

「おい、なにを疑っているんだ」

小森に聞かれないように、小声で注意する。

「念のためです」

表情一つ変えない。顔は、刑事のそれである。本当に念のためなのだろう。

困惑したような表情を浮かべていた小森だったが、なにかを思いついたのか、コートのポケットからスマートフォンを取り出して操作する。

「ここを予約したときのやりとりです」

画面を向けられる。そこに映っていたのは、上村が唯一使っていたソーシャルネットワークだった。メッセージの内容を見る。嘘ではなさそうだ。

「刺青を入れるのに、どうして、ここを選んだんですか」

日向が聞く。相変わらず尋問口調だ。

虚を突かれたように瞬きをした小森は、考え込むように視線を落としてから、ゆっくりと顔を上げた。

「あ、文章の誤字脱字や、そこに書かれている内容が正しいかどうかを確認する仕事です」

眉間に皺を寄せながら久保が訊ねる。

「……こうえつ？」

「私、出版社で校閲をやっているんです」

「あぁ、そういうことですね」

久保はいまいち理解していなかったが、とりあえず頷いておいた。校閲の仕事については、後で調べよう。

「……それで、校閲という仕事が、どうしてここを選んだ理由になるんでしょうか」

「それは……」一呼吸入れた。

「校閲って、文章の間違いを正すこともしますが、それよりも、調べることのほうが大事なんです。書かれた内容に間違いがないかを確認するために、さまざまな方法を使って調べます。そういう仕事をしていると、なにをするにも先に調べないと気が済まなくなってしまうんです。刺青を入れようと思い立ったときも、いろいろな店を調べて、どこが自分に合っているのかを検討しました。それで、どれも合っていないような気がしていたんですが、ここで施術された刺青の写真を見つけて、それが決め手になりました」

写真。上村が唯一載せていた刺青の写真。くすんだ茶色をした鳥。どうして、あんなものに惹かれるのか。久保はまったく理解できなかった。

「刺青を入れようと思ったのは、どうしてでしょうか。今まで入れたことがなかったんですよね」

日向の問いに、小森の表情が曇る。答えたくないのかと最初は思ったが、どうやら、答えが分からないようだ。

「アイタタタ……あー、痛い」

久保は日向の耳元で言う。

「だ、大丈夫ですか？」

「いや、まったく大丈夫じゃない。またいつもの胃痛だ。カレーパンをよろしく頼む」

「……胃が痛いのにカレーですか？　刺激物ですけど……」

「……考えが浅いな。カレーには整腸作用や、健胃の効果があるんだ。カレーは薬膳っていうだろ。辛いやつを頼む」

「わ、わかりました！」

頷いた日向は、玄関を抜けて、小走りで去っていく。

つくづく良い奴。こんな戯《ざ》れ言《ごと》に付き合ってくれる日向に感謝。さぞ、胃腸の弱い男だと思っていることだろう。いや、実際に弱いので、強力わかもとの常習者なのだが。

身体をしゃんと伸ばした久保は、自分で渋いと思っている表情を浮かべる。

「妙な質問ばかりして、すみません」

久保は、安心感を与えるような柔らかい声を意識する。

「あ、いえ……」

日向の後ろ姿を見ていた小森は、首を横に振った。

「それじゃあ、ちょっとお聞きします」

久保は手帳を取り出してから、上村について知っていることを教えてほしいと訊ねたが、個人的な話はしていないらしく、ほとんど情報を得ることは出来なかった。

会話がなくなる。

個人的な話をする雰囲気でもない。

結局、久保は連絡先を聞き出し、名刺を渡してから解放することにした。

日向とともにマンションを出た久保は、歩きながらカレーパンを腹に入れたが、予想以上に辛かったので、自動販売機でお茶を買った。余計な出費をしたなと思いつつ、次なる目的地に向かった。

池袋にあるウメホテルは、駅から歩いて十五分ほどの立地にあった。

赤いオーニングテントが張られた正面玄関に、見知った男がいた。捜査一課の刑事。隣にいるのは、池袋署の刑事だろう。特に仲が悪いわけではないが、互いに目礼だけで済ませる。予備班の仕事は、捜査本部の粗探しをすることだ。互いに、気持ちいいものではない。

ホテルに入ると、フロントに人が立っていた。髪を金色に染めた、少しふくよかな女性。三十代後半。胸にあるネームプレートには、ローマ字でミチルと書かれてあった。久保は、日向を見る。ここは任せるという思いを込めて。

「すみません」

声をかけた日向は、警察手帳を出しながら、刑事であることを告げる。

ミチルは、目を丸くする。

「あれ？　さっきも刑事来たけど？　こっちも本物？　え？　ちょっと待って。クソイケメンじゃん！　マジで刑事？　本物？　え？　待って待って。刑事ドラマの撮影かなんか？　クッソイケメンじゃん！　ちょっと待ってよマジで」

やけに甲高い声。そして、馴《な》れ馴《な》れしい。そして、なにを待つのか。久保は僅かに顔を歪める。苦手なタイプだ。

「……一応、本物です。ときどき自分でも刑事であるという自覚がなくなってしまいますけど」

日向は、困ったような笑みを浮かべた。誰に対しても、日向は態度を変えなかった。それは、容疑者や犯人に対しても同じことだった。刑事としての資質を疑いたくなるが、実績を残しているので誰も表立って指摘はできなかった。

「なにそれ」ミチルは片方の眉を上げて笑う。

「まぁ、見た感じ、刑事っぽくはないね。マジイケメンなんだけど……それで、上村さんが殺された件でしょ？　さっきの、どっからどう見ても刑事っぽい刑事も、そのことを聞きに来たよ」

「何度も同じことで訪問してしまい、申しわけないです」

日向は頭を下げる。本当に申しわけなさそうな態度。

その様子を横目で見ながら、久保は釈然としない思いを抱く。殺人犯を捕まえて、世の中の秩序を維持するために働いているのだ。聞き込みに協力してもらうのは当然ではないか。

「上村さんのこと、よくご存じなんですか」

日向が訊ねる。

ミチルは口を尖《とが》らせて、タコのものまねのような表情を浮かべる。

「よくご存じかは分からないけど、たまに来てたからね。それも調べた上で来たんでしょ？」

そのとおりだった。

ウメホテルは、外国からのバックパッカーや若い旅行者を主に受け入れているホテルだった。また、外国人向けに割安で部屋を貸し出してもおり、長期滞在者も少なくなかった。外国人を取り込む理由は、国内にいながら外国にいる気分を味わいたい日本人が、好んで泊まりに来るからだという。

このホテルに上村がときどき訪問していることが捜査本部の調査で判明していた。どうやら、外国人に刺青を入れていたようだ。料金は取らなかったらしい。

「上村さんとは、仲が良かったんですか」

日向の問いに、ミチルは舌を出す。なにかを吐き出すような顔。舌には金色のピアスが付いていた。

「私は全然駄目。なんつーか、暗い奴だったし、話とかは全然してない」

予想通りの回答。親しければ、殺されたことに対して多かれ少なかれショックを受けるはずだ。まったく意に介していないのを見ると、本当に仲が良くなかったのだろう。

「でも、ここの宿泊者とは親しくしていたよ。なんせ、タダで刺青を入れてやってたらしいからね。それがきっかけで、仲良くなった人もいるみたいだし」

「ミチルさんは、刺青を入れてもらわなかったんですか」

「私？　マジムリ。身体に絵を描くなんてムリムリ」

舌にピアスを開けているのに刺青は無理なのか。理解できないと久保は思う。

「まぁ、なかなか勇気がいりますからね。刺青」

日向は、まるで自分も刺青を入れることを検討したことがあるかのような口調で言う。

「だよねぇ」

ミチルは何度も頷いてから、なにかに気付いたらしく、目を大きく見開いた。

「ここに刑事が何度も来るってことはさ、もしかして、このホテルに犯人がいるとか？」

カウンターから身を乗り出し気味にして、小声で訊ねる。

「まだ分かりませんが、絶対にいないとは言えません」

日向も、同じくらいの声量で答える。

「マジ？　次殺されるの私とか？　えーっ！　ダイイングメッセージ考えておかなきゃ！　死ぬ間際には思いつかないからね。えーっと……イままでありがとう。ケっこう楽しい人生でした。メンマ食べたい。ンっと終わり……今の分かった？　頭の文字を並べたらイケメン。あんたのことだよ！」

ミチルはゲラゲラ笑う。なにが可笑しいのか理解できないが、日向もなぜか楽しそうにしている。

「このホテルで、上村さんと親しかった人のことを詳しく教えてもらえますか」

「親しい人？　そうだな……」

ミチルは指を折りながら、名前を口にする。日向が手帳にメモを取っている間、久保は建物内に目を向ける。

全体的に、和のテイストだったが、金色を多くあしらった陶磁器なども置かれてあった。中国陶磁器だから、日本のものではない。それらしく見えればいいのだろう。

ロビーの壁には、大きなコルクボードが設置されており、大量の顔写真が貼り付けられてあった。それぞれの写真には、カラフルなペンでさまざまな言語が書かれている。

右手には、カフェもあった。飲み物を飲みながら寛いでいる人が数人。全員、外国人のようだ。

「では、逆に仲が悪かった人は？」

引き続き、日向が質問した。

ミチルは首を横に振った。

「いないね、多分。私はほとんど関わらなかったけど、上手くやってた感じだよ」

「そうですか。ありがとうございます」

丁寧なお辞儀をする。

「あ、ちなみに、ここの責任者はどなたですか」

ミチルは自分を指差す。

「雇われだけど」

「そうですか。金色が好きなんですか」

日向が唐突に訊ねる。

ミチルは、不思議そうな顔をしながら頷いた。

「好きだけど、なんで？」

「いえ、ここの装飾に金が多く使われていますし、髪も金髪ですし……それに、舌のピアスも、本物の金ですよね」

「あ、気付いた？」

ミチルは舌を出す。

「どおひてわかたの？」

舌を出しながら訊ねてくる。おそらく、どうして分かったのと言ったのだろうと久保は推測する。

「前に、盗品の行方を追っていて、質屋を回ったことがあったんです。そのときに、被害に遭った店で、同じようなデザインのピアスを見たんです。たしか、五万円くらいしますよね？」

「そう！　よく分かったね！　マジ奮発したんだ！」

ミチルは嬉しそうな笑みを浮かべた。

そのとき、正面玄関から、巨大なバックパックを背負った男女が入ってくる。

「お時間を取らせました。ありがとうございます」

手帳をジャケットの内ポケットにしまった日向が立ち去ろうとするが、声がそれを押しとどめる。

「あ、名刺ちょーだいよ。なにか思い出したら教えるからさ。イケメンの名刺って、やっぱり良い香りとかするの？」

ミチルはそう言って、右手を日向の前に出した。

ホテルを出た久保は、北風に身体を震わせる。十一時。少しだけ気温が上がってきたが、外を歩くのは億劫だった。

暖かそうな格好をしている日向を風よけにしつつ、次の目的地に向かう。

「あなた！　女難の相が出ています！」

急に声を掛けられた。声の方向を見ると、道の隅に易者が座っていた。易者は、まっすぐに日向を指差している。

無視して歩き出した久保を、日向が呼び止めた。

「あ、あの……三分だけいいですか」

「……行ってこい」

その言葉に頭を下げた日向は、易者のほうに駆け寄って、千円札を渡していた。

十三分後。

日向は易者から買った女難除けの水晶ブレスレットを手首にはめていた。カモにされたなと久保は思ったが、本人は満足そうなので指摘しなかった。

皇桜会は、池袋の西口から五分ほど歩いた場所にあるビルのワンフロアに入っていた。五階建てのビルの案内板には、胡散臭《うさんくさ》い社名が並ぶ。その一番上は空欄だった。

エレベーターで最上階に上がる。〝皇桜会〟と金色の仰々《ぎょうぎょう》しい書体で書かれたプレートを一瞥して、インターホンを押し、警察であることを告げる。

鉄板の扉を開き、三十代後半らしき男が出てきた。いつでも刺し違える覚悟は出来ていると言いたげな鋭い視線。スキンヘッドが、室内灯の光を照り返している。

「絵に描いたような強面《こわもて》だな。触れる者全員を傷つけるタイプ。歩くブッシュナイフ」

思わず、久保は感想を口にしてしまうが、スキンヘッドは無視していた。

一切歓迎してなどいない態度で中に案内される。事務机やオフィス什器《じゅうき》が並んでいた。レイアウトは普通の会社のようだが、そここに日本国旗や、大日本帝国時代に使われていたであろう代物が飾られている。暴力団事務所と一般企業を混ぜたような印象。ただ、ごちゃごちゃした感じはなく、どちらかというとセンスが良い。壁に掛かっている額縁に視線を向ける。

〈汚き者は万死に値するのが教え〉

皇桜会の掟が、強い筆致で表現されていた。物騒なものだ。

奥にある部屋で待たされる。

「事務所、閑散としていましたね」

日向が耳打ちしてくる。

「そりゃあ、ここは本命だからな。本部が引っ張りまくって尋問してるんだろ」

捜査本部は、皇桜会の構成員を洗うとともに、準構成員を調べてもいた。偉い人間は、自分の手を汚したりはしない。構成員が不祥事を起こせば、組織が崩壊する可能性もある。その点、準構成員のような半端な立場の人間は、切り捨てやすい。

普段は普通の仕事をしている準構成員も少なくないが、日銭をもらって雑用をしている者もいる。中には、なにかで借りを作ってしまったので仕方なく下働きをしている者もいる。一概には言えないが、そういった使い捨てになるような人間が、危険な仕事を請け負うことも多い。

ただ、準構成員はその流動性から全体を把握することが難しい。組織犯罪対策部は、皇桜会に関する資料をそれほど揃えていなかった。そのため、捜査員を大量に投入しなければならない事態となっている。

皇桜会は、ここの事務所のほかにも、三つの拠点を持っている。捜査本部の捜査員たちは、そのすべてに当たっているほか、構成員の自宅にも押しかけているようだった。

やがて、小柄な初老の男が部屋に入ってきてソファーに座った。笑みを浮かべているが、それが作り物であることは一目で分かった。顔にある多くの皺は、憤怒《ふんぬ》の表情によって刻まれたものだ。

隣には、スキンヘッドの男が手を前に組んで立つ。敵意剝き出し。いますぐに暴れても驚かないほどの熱気。

「いやぁ、お寒い中、外回りは大変ですね。初めて来た方ですね？」

初老の男は、名刺を差し出した。國嶋勝敏《くにしまかつとし》。肩書きは代表となっていた。

運がいいと久保は思う。やはり話を聞くなら、すべてを見通せる立場にいるトップがいい。

高そうなグレーのスーツを着た姿は、どこかの企業の相談役のようにも見える。身につけている時計も、眼鏡も高級品だ。靴も、使い古されたものではない。このクラスの極右団体にしては、やけに羽振りがよさそうだ。

皇桜会は、このビルを所有しており、テナントを入れて家賃収入を得ている。だから、こんなにも身なりがいいのだ。

久保は手で口を隠して欠伸をする。

正直なところ、ここに来たのはついでだったので、力を入れるつもりはなかった。捜査本部は皇桜会を疑っており、本命と位置付けている。つまり、予備班にとっては捜査対象外。予備班は、あくまで捜査本部とは別の視点で捜査することを目的として作られたものだ。

それでも、本命をまったく無視はできない。

「最近、景気はどうですか」

久保は、話の取っ掛かりを摑もうと口を開く。

「どうでしょうかねぇ。まぁまぁってところです」

國嶋は控えめな笑い声を上げた。

「なにかと不景気な世の中ですからね。シノギも少なくなっているでしょう?」

シノギという言葉を聞いた途端、國嶋の表情が険しくなる。人に平気で暴力を振るうことの出来る目だった。

「我々は暴力団ではなく、いわば、愛国団体です。シノギなどという言葉は不適切でしょう」

久保はほくそ笑む。紳士面《づら》をしているが、こいつの中身はどす黒い。厚い面の皮を引き剝がしてやる。

「それでも、この池袋エリアの一部を管理しているのは間違いないじゃないですか。国を愛するのは結構ですがね、場所を管理していれば、なんでもやりやすい。国を愛するといいつつ、売春斡旋《あっせん》業でもしているんじゃないですか？」

暴力団には、それぞれ勢力範囲がある。池袋エリアも同様で、いくつかの区分けがあった。その間を縫うようにして、皇桜会が管理する一帯もあった。

挑発に乗ってくると思ったが、國嶋は冷静だった。

「我々は、どうしたら国が繁栄していくかを考えるために集まっているだけです。幸い、家賃収入が多少ありますので、世間様に後ろ指を差されるような活動などせずとも問題ありません。ちなみに、皇桜会が管理しているエリアというのは、単純にその場所の土地を多く持っているからにほかなりません。自分のものだから、自分で管理しているんです。他人に荒らされたくはないでしょう？」

嘘を言っている様子はない。國嶋の言っていることは真実だった。皇桜会が管理するエリアは、國嶋の土地が多くある。正確には、國嶋家が代々受け継いできたものだ。皇桜会は、終戦後すぐに立ち上がった歴史ある組織だった。代表者は代々、國嶋の人間がなっている。

〈汚き者は万死に値するのが教え〉

皇桜会の掟とされる一節も、先々代が作ったものらしい。

土地や家賃収入で潤っている団体。一見、非合法活動とは無縁に思えなくもない。だが、だからといって、それを鵜吞《うの》みにするつもりはない。欲望には際限がない。金には、稼いでも稼いでも足りないと思わせるような魔力がある。

「売春斡旋業のことはいいとして、許可なしに営業をしていた上村を、見せしめのために殺したんじゃないんですか」

久保は言い放つ。

八の字眉になった國嶋は、困惑を顔全体で表現した。

「ここに来られた刑事さんには何度も何度も説明しておりますが、上村という男のことなど知りませんし、殺したなんてこともありません。そもそも、見せしめといいますが、誰に対して見せしめをするんですか」

「そりゃあ、許可なしに営業をしている奴らでしょう」

その言葉を聞いた國嶋は、口をへの字に曲げた。

「インターネットがここまで発達した世の中ですから、店舗を構えなくても集客ができます。そもそももぐりというのは、インターネットで住所を公開していないので、どこで営業をしているかを把握するのは困難です。彼らは、接触してきた人間に対して、個人的に場所を教えるんです。

それに、たまたま上村という男の営業エリアが我々の自治している区画だとして、どうして殺さなければならないんですか？　百歩譲って、ほかにも許可を得ずに営業をしている奴がいたとしましょう。でも、そんな奴らは限られています。大きな組織さんとかなら、管理しているシマも大きいので見せしめってのは有効な手段かもしれませんが、我々の場合、見せしめをするメリットよりも、逮捕されるデメリットが大きすぎますよ」

そのとおりだと久保は思ったが、表情には出さなかった。

國嶋は憤りを隠さない。

「昨日はこの事務所に何人もずかずかと入り込んで来られましたし、今日も、これから警察署に出頭するんですよ。それに、団体のメンバーも次々に連れていかれていきます。任意同行が聞いて呆れますよ。任意っていう言葉を、辞書で引いたほうがいいと思います」

多分に批判のこもった口調。

久保は腕を組んだ。

今のところ、殺された上村と皇桜会の繋がりは見えてきていない。ただ、上村の背中に皇桜会の掟の一文が彫られていたからには、無関係ではないだろう。

息を吸った久保は、國嶋を見据えた。

「任意同行ってのは二種類あってですね。今回の殺しは、おたくのところが関係しているって話が出ているんですよ。疑いが濃厚な奴に対しての任意同行ってのは強制連行みたいなもの……」

「だから、やってねぇって言ってるだろ！」

久保の言葉を遮ったのは、スキンヘッドの男だった。鼓膜が痛くなるほどの怒声。鈍い光を帯びた目を見る限り、人を殺す覚悟ができているようだ。

前に進み出てきた男を、久保は睨みつける。威圧されるのは慣れていた。歯を食いしばる。内心で膨らむ怯《おび》えを、力で押さえ込んだ。相手の威嚇《いかく》に最大限の反撃をする。

――こっちだって、命張って刑事をやっている。

「こらこら。そうカッカしない」

國嶋に窘《たしな》められたスキンヘッドの男は、怒りを表情に湛《たた》えたまま、大人しく一歩後ろに下がった。

「まぁ、刑事さんは疑うのが仕事だから。いくら怒鳴ったところで、この状況が好転したりはしない」

少しだけ強い口調。それだけで、スキンヘッドの顔が青ざめる。やはり、國嶋という男は羊の皮を被っているのだろう。

「ただ、ここで押し問答をしていても、話が進展するとは思えませんが」

國嶋は、目を細めながら言う。鋭さが一瞬垣間見えた。

「そうですね」立ち上がった久保は尻の辺りを叩く。

「またなにかあれば、伺います」

「ご遠慮願いたいですね。ともかく我々は、ただの国を愛する人間の集まりです。国を愛する。普通のことをしているだけです。君たちだって、日本を愛しているでしょう？」

「あなたたちとは、愛し方は違いますが」

久保は返事をする。内心、少し格好いいことを言ったなと満足し、鼻の穴が膨らんでしまった。

皇桜会の事務所を出た久保に、後ろからついてきた日向が声をかけてくる。

「皇桜会の線、どう思います？」

「そうだなぁ……」

顎をさすりながら、久保は空を見る。

皇桜会による、見せしめのための殺人。筋は通る。しかし、違和感もないではなかった。

上村は、無許可で商いをしていた。それを咎《とが》めた皇桜会と話がこじれて、殺害された。皇桜会に逆らうことは恐ろしい結果を招くということを知らしめるための殺人。

極道の類いは、面子《メンツ》を重んじる。ときに利益にならないことをすることもある——ただ、これは昔の話だ。今の極道は、株式会社などとそう変わらない。面子も大事だが、それを上回って大事にされるのが金だ。指を詰めるよりも、金を積んだ奴のほうが重んじられる。いくら面子が大事だといっても、殺人ほど利益を損なう行為もない。これは國嶋の言うとおりだ。

利益を度外視してまで殺す理由があったのか。それとも、上村の殺害に皇桜会は無関係なのか。

「皇桜会の線は、捜査本部に任せよう」

久保の言葉に、日向は同意するように頷いた。


池袋警察署に到着する。

建物内に入り、暖房の恩恵を受けつつ、階段を上る。

捜査本部が設置されている講堂は、がらんとしていた。捜査員は出払っており、指揮系統と事務担当だけが残っている。

大量の捜査資料が置かれた机の前で立ち止まり、パラパラとめくる。ほとんどが、皇桜会の関係者で占められていた。

殺人が起きれば、まず疑うのは被害者の身内だ。親族間で起こる殺人は、全体の約五十四パーセント。顔見知りを入れれば、約九割を占める。ほとんどの事件が、交友関係を洗えば犯人に行き着く。

ただ、上村は両親を早くに亡くし、兄弟もいない。遠縁の親戚はいるが、疎遠になっていた。利害関係もないため、親族間の犯行の可能性は早々に除外された。

顔見知りの犯行については、継続的に捜査が行われていたものの、今のところ進展はない。

資料を閉じた久保は、顔を上げた。捜査一課から派遣された管理官と目が合う。手招きされたので、近づいていった。

「どうだ。予備のほうは？」

四十代の管理官は、ブルドッグのような顔を向けてくる。身体はチワワのように小さい。犬だったら雑種だ。

予備班のことを〝予備〟と省略する奴が、久保は大嫌いだった。簀巻《すま》きにしてビルの屋上から吊るしてやりたいほどに。

「まぁ、今回は予備の出る幕はないな」

久保が喋り出す前に、管理官は挑発するような笑みを浮かべる。そして、視線を日向に移動させる。

「残念だったな。せいぜい、女をたらし込んで時間でも潰していろ。いいよな。女とヤって情報収集しているなんて。刑事辞めてヒモにでもなったほうがいいんじゃないか」

ほとんど挑発に近い口調だった。

日向は反論したそうな顔をするが、その気持ちを口から出すことはしなかった。階級社会である警察組織にあって、上に刃向かうのは捜査方針の相違でぶつかるときだけだ。

「まぁ、我々は我々の仕事をします」

久保は、不遜にならない程度に軽く頭を下げ、踵《きびす》を返す。情報収集するつもりで捜査本部に来たが、気が変わった。ブルドッグ顔の管理官は、予備班に一切協力しないつもりだ。以前、中野《なかの》区で起きた殺人事件を予備班が解決したとき、捜査本部を指揮していたのがこのブルドッグだった。当時、捜査本部は見当違いな方向に進んでいた。あのまま捜査していれば、巡り巡っていずれは真犯人に辿り着いただろう。しかし、予備班が早期解決。正義を早めた。おそらく、そのときのことを根に持っているのだろう。

「今度、ペディグリー成犬用ビーフを買ってやるから、それでも食って落ち着けよ!」

講堂の扉の前にきた久保は、ブルドッグの管理官に聞こえるように言い、逃げるように本部を出た。我ながら子供っぽい行動だなと思ったが、胸がすく思いだった。なんとなく、日向が感謝しているような視線を向けてきている気がするが、無視する。

自動販売機でホットの缶コーヒーをそれぞれ買い、ベンチに横並びに座った。捜査本部内で話をしようと思っていたが、あの場所は空気が悪い。

「それで、ウメホテルでの聞き込みはどうだったっけ？」

久保が訊ねる。ミチルという女性が苦手だったので、ほとんど内容を聞いていなかった。

「えっとですね」日向は手帳を取り出す。

「上村と交友関係のあった人物は三人です。中国人のズーハオと、韓国人のヨンジン、イギリス人のセオです。三人とも男で、それぞれ別の語学学校で仕事をしているようです。皆、長期滞在です」

「その三人の中で怪しそうな人物は？」

訊ねつつ、外国人が容疑者にならないでほしいなと考える。言語が違うと、取り調べもままならない。捜査通訳を介して会話をするが、どうしてもニュアンスが伝わらないことがある。日本人相手とは勝手が違うので、何倍もの労力を要する。久保は、その三人が無関係であることを願う。

「怪しい人物かどうかは、これから調べます」

「これから聞き込みをするってことか？　日本語は通じるのか？」

「通じるかは分かりませんが……」

言い淀む。

久保は、すぐにピンときた。

「ウメホテルの、あの女が調べてくれるってことだな」

ミチルが日向と話していたときの様子を思い出しながら指摘する。

「……はい」

申しわけなさそうに返事をする。

日向は、捜査中でも女に気に入られることが多い。そして、それが、事件解決の足がかりになることも多々ある。

日向が女から気に入られるから、正義が早まる。早く事件を解決するのは、人的にも、経済的にも良いことだ。

日向が女の力を借りるという捜査方法は、別に悪いことではない。ただ、釈然としない。

コーヒーを喉に流し込んで立ち上がった。

「今日はもう疲れた。帰るぞ」

そう言って立ち上がる。

予備班は、勤務時間や休日が決められているわけではない。実績を出しているので、うるさく言われることもなかった。

マンパワーでは圧倒的に捜査本部に分がある。太刀打ちなどできない。正直、最初は予備班など無駄な組織だと思っていた。

しかし、誤算があった。

目の前の日向こそが、事件解決を引き寄せる素質を持っていた。正確に言えば、無駄に女を引き寄せて事件を解決する。

女運があることは羨ましいが、当の本人はそれをデメリットだと思っている。

——羨ましいかぎりなのに。

久保の口の中に、じわりと苦いものが広がる。その苦みは、今飲んだコーヒーによるものだと自分に言い聞かせつつ、フリスクの容器を取り出して強力わかもとを飲んだ。

4

刺青を入れたところで、人生に劇的な変化が起こることはない。そんなことは分かっていたし、期待もしていなかった。

ただ、自分の中で、なにかが変わったという気持ちもないではなかった。自分自身が変わったわけではなく、ものの見方が変わったような感じがした。なにかの膨らみ。もしくは、なにかにヒビが入ったような感覚。漠然とした、捉えがたいもの。

そんなことを、仕事をしながら小森は考えていた。

今は、旧字体のチェックをしていた。一九四九年の内閣告示で行われた漢字の選定で、当用漢字字体表に定められ、その後常用漢字表にも受け継がれたものが、今も使われている新字体。その際に変更対象となったのが旧字体。

普通に生活していれば、新字体と旧字体など意識しない。しかし、小説を書く人などは大量に文字を連ねる。使う字も多く、自然、新字体と旧字体が混じることがある。たとえば、〝国〟が新字体で、〝國〟が旧字体といった具合だ。

仕事を終え、会社を出て家路に就く。

今日は、コートがいらないくらい暖かかった。

歩きながら、昨日のことを思う。

彫師の男が死んだという。そう聞かされただけで、遺体を見たわけではない。実感がない。そもそも、合計で三度しか会っていないし、刺青についての話以外ほとんどしていない。生まれも知らなければ、素性すら分からない。マンションの一室で刺青を施す男。

ほとんど他人だ。それでも、小森の身体にある傷を、刺青の模様の一部に変えてくれたという意味では特別な人物。もっと交流があれば、死を悲しんだに違いない。あと少しでも個人的なことを話していれば、悲嘆に暮れないまでも、涙を流すこともあっただろう。

死を悲しまないことの正当性をこじつけることで、自分が冷たい人間ではないと言い聞かせる。

東池袋の自宅に到着したが、そのまま帰る気にはならなかった。

家を通り過ぎ、牛丼屋で夕食を済ませてから、飲める店はないかと歩きながら探す。

一人で飲むことはほとんどなかったので、どこになにがあるか分からない。繁華なエリアと住宅街の境目のような場所に建っている雑居ビルの看板の一つが気になり、立ち止まった。

〝キティバー〟

可愛らしい名前の背後に、葉っぱのシルエット。最初、麻の葉に見えたので怪しく感じたが、よく見ると違う。デフォルメされているが、おそらくニガヨモギの葉だろう。つまり、アブサンを売りにしたバーだということだ。

アブサンは好物の一つだったが、置いてある店は多くはない。飛び込みでバーに入ったこともほとんどない。いつもは、事前に情報収集する。

でも、今日はなにも考えずに店に入りたい気分だった。

――見るまえに跳べ。

大江《おおえ》健三郎《けんざぶろう》の本のタイトルを思い浮かべながら、雑居ビルの二階に上り、扉を開ける。

扉の上部に付けられたベルの軽やかな音を聞きながら、店内の様子を確認する。

薄暗い店内は、木を基調とした造りをしていた。棚に置かれたグラスの数が異様に多く、種類もさまざまだった。グラス販売店が酒も提供しているのだと説明されたら信じてしまう。大学の卒業旅行でアメリカを周遊していたときに、度胸試しに入ったブルックリンのバーに似ていた。

時間が早いからか、先客は一人だけだった。カウンターに座る男と目が合う。

「え？」

思わず声が漏れた。

昨日、彫師の男が住んでいたマンションで出会った刑事の一人だった。名刺をもらっていないほうの男。テレビドラマから飛び出てきたのかと思ってしまうほど優れた容姿の持ち主。たしか、日向と言っていた。

逃げようと、小森は咄嗟に思う。二人きりで話すなど、考えるだけで緊張する。踵を返すが、店の扉に激突してしまう。額に手を当てつつ、日向を盗み見る。目が合ってしまった。日向は、バースツールから降りてお辞儀をしてくる。こちらが恐縮してしまうような、しっかりとしたものだった。

「偶然ですね」

日向のほうから声をかけてくる。

一瞬、偶然を装って接触してきたのかと思ったが、その疑いをすぐに振り払う。先に店に入っていたのは日向のほうだし、小森がここに入ったのは初めてで、計画的なものというのはありえない。

もしかしたら、殺人事件の容疑者として疑われているのだろうか。いや、そんなことはないだろう。

声をかけられたので、自然な流れで隣に座ることになった。上手く呼吸ができないので、深呼吸した。

「いや、こんな偶然もあるんですね」そこまで言った日向は、なにかに気付いたように目を見開いた。

「あ、別に、偶然を装って接触しようと思ったわけではありませんよ。本当に偶然です。警戒しないで大丈夫です」

慌てた様子で弁解する。

その姿を見て、なんだか可笑しくなって吹き出してしまう。

少しだけ、空気が和む。

「改めて、警視庁捜査一課予備班の日向と申します。小森さん、ですよね」

今度は座ったままで、軽くお辞儀をした。

頷いた小森は、自分の手が震えていることに気付く。緊張しているのだ。

日向の顔を盗み見る。視界に入るたびに、心拍数が上がっていく気がした。

小森は男性が苦手だった。親切にされると、その裏に隠されたものがあるのではないかと警戒してしまう。男性と一緒に過ごす自分が、上手く想像できない。中高一貫の女子校に通っていたので免疫がないのも一因だろう。考えすぎなのかもしれないが、自分が常に狙われているような気さえしてくる。異性から褒められても、素直に喜ぶこともできないし、異性を同じ人間だと思えなくなるときもあった。

男と向き合うのが、正直気持ち悪いと思う部分もあった。

しかし、日向はそういった負の感情を抱かせない。

あまりにかっこいいので、彫刻と対峙しているようにも感じるし、刑事だということも安心感をもたらす要素の一つになっているのかもしれない。

顔が赤くなっているのを自覚する。熱に浮かされているような怠さを感じた。

「この店には、よく来られるんですか」

日向に問われた小森は我に返り、慌てて首を横に振る。

「は、初めて入りました。飛び込みってやつです」

その言葉に、日向は意外そうな顔になった。

目が合うたびに、小森は勢いよく視線を逸らす。それを何度か繰り返しているうちに、自分はなにをやっているのかと馬鹿らしくなってきた。

目を合わせるのは止《や》めようと、前方に顔を固定する。見たら石化してしまうメドゥーサと同じだ。日向を見ると、平常心ではいられない。

カウンター越しに立つ髭面《ひげづら》のマスターが、小さな皿を出してくる。柿の種。好物だった。

「普段は、あまりこういったことはしないんですが……」弁解するような口調で続ける。

「……ちょっと飲みたい気分だったので」

人の死を悲しめない自分の冷たさから逃れるために飲みにきたとは言えなかった。不思議そうな視線を向けられているのが、視界の端に映る。日向の瞳は、深い。どうして深く感じるかは分からないが、ともかく深いのだ。

「……あと、アブサンが好きなので」

そう呟き、酒が並べられているバックバーから好きなアブサンのボトルを見つけたので注文する。

〝フルール・ド・アブサン〟

ボトルの中にニガヨモギの枝が入っている個性的なものだ。

小森は、今まで多くのアブサンを飲んでいたが、それぞれの違いがいまいち分からなかった。だから、アブサンを飲むときはボトルの形状や色などの外見を重視している。フルール・ド・アブサンは好きなものの一つだった。

「飲み方は、どうされます？」

「えっと、それじゃあ、砂糖を溶かす飲み方で」

頷いたマスターがボトルを手に取り、準備を始めた。

氷の入ったクリスタルのグラスにアブサンを注ぎ、その上に、菱形《ひしがた》の穴がいくつも空いた銀の匙《さじ》が載せられる。その匙の上に白い角砂糖を置いた。

マスターは、カウンターに置かれたガラス製のアブサンファウンテンという給水器を指差す。タンクの中には、水が蓄えられていた。

「お好みの量の水を加えてください」

マスターが離れていった。

小森は、四つついている蛇口の一つで、角砂糖の上に水を垂らしていく。溶けた角砂糖が、アブサンへと滴《したた》る。加水することにより、青みを帯びた液体のアブサンが、白く濁った。

その様子を興味深そうに眺めていた日向は、手元にあるロックグラスを手に取って一口飲む。カウンターには、ウイスキーのボトルが置いてあった。

小森は銀の匙を手に取り、角砂糖をアブサンに落としてかき混ぜた。

角砂糖が溶けたのを見計らったかのように、日向が口を開く。

「実は僕も、今日はアブサンにチャレンジしようと思って、ここを訪問したんです」

そう言い、ここはアブサンで有名な店なのだと説明する。

「飲んだこと、ないんですか」

小森の問いに日向は頷く。

「存在を知ったのも最近なんです」

アブサンを売りにしている店は多くない。売りにしていなければ、注文する客以外に勧める店はほとんどない。

「ですが、知識だけは蓄えてきました」日向は少し誇らしそうな顔で続ける。「アブサンに水を加えると白濁するのは、アルコール内に溶け込んでいた〝アネトール〟が原因のようなんです。一年草である〝アニス〟という香草から抽出したもので、これが水と反発して白くなるんです」

そう言った日向は、恥じるように顔を赤くする。ようやく小森は、冷静に日向の顔を見ることができるようになった。

「すみません。つまらない説明をしてしまって」

「あ、いえ、楽しかったですよ。私、職業柄、そういったことを調べたり知ったりするのは好きなので」

正直な感想だった。アブサンが加水することで白く濁る理由は知っていたが、〝アネトール〟が原因だとは知らなかった。今度、詳しく調べてみようと思う。

「そういえば、出版社で校閲の仕事をされているんでしたね」

「あ、はい」

頷いた小森だったが、仕事の話をするのは好きではなかった。皆、出版社に勤めていると言うと編集者を思い浮かべる。校閲の仕事内容を説明するのは面倒だし、短時間で分かってもらうのは難しい。

「僕の大学時代の友人が、フリーランスの校閲者なんです。昔、僕が書いた論文を細かく直された苦い記憶があります」

小森は目を見開く。

校閲の知り合いを持つ人はそう多くはない。これもなにかの縁かもしれないと勘ぐってしまう。

いや、ここで出会ったのは、縁だ。

日向が作為的にこの状況を作ったのなら大したものだが、それは難しいだろう。つまり、本物の偶然。

偶然というのは奇妙なものだなと思う。特別な出会いに感じてしまう。

日向はグラスの中身を飲み干し、アブサンを注文する。小森と同じ銘柄。

目の前にアブサンを置かれた日向は、たどたどしい手つきで銀の匙を手に取り、角砂糖をかき混ぜる。その動きが、自分のときのそれと似ているような気がした。真似されているのかもしれない。そのことが、小森の気持ちをくすぐった。

一口飲んだ日向は、眉間に皺を寄せ、唇をもごもごと動かす。

「……なかなか妙な味ですね」

たしかに、アブサンは好き嫌いの分かれる酒だ。

「でも、砂糖の甘みが味蕾《みらい》へと溶けていく感じがします。フランスの芸術家たちが愛したお酒とインターネットに書いてありました。彼らは、これを飲んで想像力を刺激されたんでしょうね」

文学的なことを口にする。刑事から、そんな言葉が出るとは思わなかった。

「事件、解決しそうですか」

小森は、アブサンを半分ほど飲む。そして、アルコールの力を借り、思い切って訊ねてみた。

ここで日向に会ってから、どうしても聞きたかったこと。

日向は、アブサンを飲んだときとはまた別の渋い表情を浮かべた。

「……どうでしょう。あまり芳しくはありませんね」

含みを持たせる回答。簡単に教えてはくれないだろうとは思っていたが、小森は続ける。

「実は、今朝のネットニュースを読んでいたら、例の殺人のことが掲載されていたんです」

小森は声を潜める。カウンター越しのマスターは、遠くに立っていた。まるで二人だけの空間を邪魔しないような配慮。

再び、渋い顔。

「……あの情報は、秘密の暴露に使うつもりだったようなんです。でも、どこからか情報が漏れてしまって……」

秘密の暴露。犯人しか知り得ない情報を公開せず、容疑者の自白を引き出すときに、その情報を吐けば、犯人である確度が高くなるというものだ。

本で読んだ知識だが、警察が秘匿しようとした情報が外に漏れることも間々あるらしい。

小森が読んだ記事には、被害者の背中に文字が彫られていたという。

〈汚き者は万死に値するのが教え〉

その言葉がなにを意味するのかまでは言及されていなかった。

「書かれてあった文字から、犯人を特定できないんですか。かなり特徴的な文章ですし」

「……そうなんですが、なかなか進展しなくて……」

言い淀む日向は難しい顔をする。その表情を見ながら、小森は畳み掛ける。

「その彫られた文字、見せてくれませんか」

彫師の男を殺した人物が誰なのかは、それほど興味はなかった。ただ、背中に彫られていたという文字が気になった。どういった字体で彫られていたのだろうか。

「……文字、ですか」

「はい。文字です」

困惑気味の日向は、少しの間迷った末、ジャケットの内ポケットから手帳を取り出して、写真を二枚抜き出して渡してくる。

本当に見せてくれるとは思わなかったので、小森は驚きつつそれを受け取った。

一枚目の写真に写っていたのは、痩せた背中だった。文字は、右半身に書かれている。かなり雑な形だった。鋭利なナイフで何度も傷を付けて、文字を太くしているようだ。

もう一枚は、文字をアップにした写し方だった。

〈汚き者は万死に値するのが教え〉

たしかに、そう書かれてある。ただ、解読するのに多少の労力を要する出来だった。

「死後に彫られたことが分かっています」まるで、それがとても重要なことであるかのような口調。

「なので、長く苦しむことはなかったと思います」

気遣うような調子だった。小森が彫師のことを想っていたと勘違いしているのかもしれない。訂正するのも変だし、日向にそんな意図がないかもしれないので、特になにも反応はしなかった。

「小森さんは、どうして刺青を入れようと思ったんですか」

唐突に問われた小森は瞬きをする。

「どうしてでしょう……自分でもよく分からないんです」

嘘偽りのない答えだった。

「校閲作業をしていた作品に、とても綺麗な刺青の表現があって、それで興味が湧いたのは確かなんですけど、実際に行動にまで移した理由は、自分でもよく分からないんです」

本当に、どうして入れたのだろう。

刺青を入れるのは、後戻りのできない行為に等しい。どうして、自分にそんなことができたのか不思議だった。

日向は首を傾げてから、合点するように頷いた。

「僕も、この事件に関わってから、刺青を入れるってどんな感じなんだろうと考えてみたんです。自分なら、どういったタイミングで刺青を入れるか。それで、少し違いますが、大学時代のことを思い出しました」一度言葉を句切ってから続ける。

「僕、とくになんの苦労も障害もなく大学まで進んだんですが、友人は別で、三年間浪人したんです。学力が足りなかったわけじゃないんです。彼は、その三年間で大学の授業料などの資金を貯め、同時に、弟の大学資金も貯めていたというんです。そして、金が貯まったのでようやく大学に入学したということでした。それを聞いて思ったんです。僕の人生は、僕自身が切り開いたものじゃないって。そのことに気付いたら、少し怖くなって。このまま、誰かに守られている人生を、自分の人生だと思って生きていたら、目隠しと足枷《あしかせ》をされた状態で自由だと言っているようなものじゃないかと。だから、刑事になったのかもしれません。この職業に就くのは、周囲の誰も予想しなかったことです」

訥々《とつとつ》と語った日向は、恥ずかしそうにはにかんだ。

小森はゆっくりと息を吐く。日向の言葉によって、小森は気付かされた。

自分は、レールの上を進む人生に満足していた。しているとは思っていた。しかし、本当は、不満だったのだ。親が作ってくれたレールに感謝していた。ただ、それこそが不満だったのだ。自分は、他人の力に影響されない立場で生きたいと思っていたのだ。

自分で方向性を決められなかった人生に、反撃したかったのだ。それで、その反撃方法が、たまたま刺青だったのかもしれない。

皮膜のように自己を覆っているものを、刺青を入れることで破りたかったのかもしれない。

日向の話を聞きながら、腑に落ちた。

「……刑事になったのは、反抗ですか」

「そうかもしれません」

日向は笑う。

小森も笑いながら、バーカウンターに置かれたアブサンを手に取る。

「この文字を見ていると、なんか引っかかるんですよね」日向は独り言のように呟く。

「なんというか、文字が……」

アブサンを一口飲んだ小森は、グラスをテーブルの上に置く。そのとき、写真が視界に入った。そして、妙なことに気付く。

「……あの、これって、なんか変じゃないですか」

文字にフォーカスしたほうの写真を指差す。

日向は、アルコールで頬が赤くなった顔を近づけてくる。近すぎるわけではないのに、どきりとした。

「なにが変なんですか」

「……あ、えっと、これです」

指を〝値〟という文字に置く。

「この字が、どうかしたんでしょうか」

「勘違いかもしれないですけど、この〝値〟という字は、日本の字体ではなく、繁体《はんたい》字《じ》か簡体字《かんたいじ》のような気がするんです」

「〝値〟という字に、違いがあるんですか」

「いえ、正確にはそうではないんですけど……」

日向がペンと手帳を渡してくる。小森は手帳に、〝値〟と書く。

「私、海外の作家が日本語で書いた小説を担当したことが何度かあったんです。その方の原稿は手書きで、文体も自然だったんですが、たまに母国の漢字が混ざるときがあって。校閲の仕事をしているので、字体とかがどうしても目についてしまうんです

「……あの、やっぱり勘違いかもしれません……」

語尾が萎む。刑事相手に推理のようなことを口にした自分を恥じた。馬鹿にされただろうか。恐る恐る様子を窺う。

目を輝かせていた。

予想していた反応ではなかったので、小森は意外に思う。

「……凄いですね」

手に顎を置いて写真と手帳を交互に見る日向が、感嘆の声を上げる。

「凄いですね！」同じことを繰り返した日向は唸った。

「たしかに、〝値〟というより、〝値〟のように見えますね」

こんなに食いついてくるとは思わなかった。少し気になって言っただけの小森は驚く。

「先ほど、繁体字か簡体字とおっしゃっていましたが……それを使っている国は、えっと……」

手帳に文字を書き込みながら日向が言う。

「この字を使っているのは、中国です」

小森の言葉に、日向は目を細めた。

5

スマートフォンを操作しながら、久保はパイプ椅子に座り、足を組んでため息を吐いた。

画面に表示されているのは、マッチングアプリだった。かっこつけた言い方だが、要するに出会い系アプリの類いだ。

また、ため息を吐く。

アプリの説明文を眺める。すでに登録済みのアプリを提供している会社は、真剣な出会いを推奨している。それについては問題ないのだが、実際に会うまでには至っていない。胡散臭い連絡が数件入っていたが、真剣な出会いを求めているような感じがしなかったので返信していなかった。

久保は、自分のプロフィールを見る。職業、法律関係。まぁ、本当ではないが、嘘とも言い切れない。載せた写真は、自分の中ではもっとも見栄えのいいものにしていたが、望んだような人からの連絡はいまだゼロだった。

警察というのは出会いに恵まれた職業とは言い難い。人の恨みや死の間を縫うような仕事。因果な商売だ。出会う女性が美人でも、殺人犯だったら意味がないし、死んでいたら元も子もない。

どこかの道端に、出会いが落ちていないだろうか。

ふと、プロフィール写真を日向にしてみたらどうだろうかと考える。スマートフォンに保存している画像の中から、飲み会で撮った写真を探し、日向の顔を引き伸ばしてから掲載してみる。

ものの一分で、百件ほどのメッセージが届いた。

手を震わせてスマホを握りしめるが、我に返って力を緩めた。

「あぶねぇ……画面を割るところだった」

そう言っているうちに、メッセージが二百件になった。

「ネズミ講かっ！」

スマホを投げたくなるのを堪えた久保は、アプリの画面を閉じてから、メールを確認する。

先日、犯行現場で偶然会った小森に名刺を渡していたが、連絡はなかった。記憶に残った容姿を思い出す。

小森は重要参考人ではない。つまり、ほぼ事件には関係ないので、職務倫理に抵触するかもしれないが、違反ではない。そのはずだ。

抵触して停職。つまらないことが頭に浮かび、特大のため息を吐く。オヤジギャグを言ったら、もう人生終わりだと久保は考えていた。

手に持っている缶コーヒーを飲み干し、空腹を紛《まぎ》らわす。二十時。腹が減った。

「どうしたんですか。なにか気がかりなことでも？」

声の方向に顔を向ける。日向だった。

「いや、別になんでもない」

目元を擦りながら答える。昨日はマッチングアプリの見すぎで寝不足だったとは言えない。アプリ内では、メッセージのやりとりをするのとは別に、趣味を共有するコミュニティに入ることができた。久保はとりあえず『あぶない刑事《デカ》が好き』と『刑事に憧れる』というコミュニティに登録し、刑事って格好いいですよねとコメントしておいた。マッチポンプだ。

「もう来ましたよ。取調室で待ってもらっています」

「そうか」

立ち上がりつつ、よいしょという声が漏れる。やばい。オヤジ化し始めたという気持ちから目を背《そむ》けて、廊下を早足で歩く。

日向の背中についていき、取調室に入る。

六畳ほどの空間の中央に机。パイプ椅子が二つ。簡素な造り。ただ、窓にはめ込まれた格子が、圧迫感を与えた。

筋肉質で大柄の男が、椅子の一つに座っている。日に焼けた肌に、短く刈り込まれた髪。表情から、敵愾心《てきがいしん》を読み取ることができた。ダッフルコートを脱いでおり、長袖の白いTシャツを着ていた。胸の辺りに〝Fuck The Police〟と書かれてある。ファック・ザ・ポリス。逆に好感が持てるなと久保は思う。

かなり鍛えているらしく、筋骨隆々という言葉がしっくりする。

目の前に座った久保は、相手の瞳を見た。

「日本語は分かりますか」

「ああ。それなりに。早いところ終わらせてくれ」

流暢《りゅうちょう》な受け答え。コミュニケーションに問題はなさそうだ。苛立ちを表すかのように、右足で貧乏揺すりをしている。

捜査本部は、中国人のズーハオの取り調べを一度していた。捜査の本命を皇桜会に絞ったとしても、ほかの可能性を見切るわけではない。最大人員を投入している最初の十日の間に、本命以外のあらゆる可能性に当たる。ただ、その枝葉部分の捜査人員は多くなく、事件に関係なさそうだと判断されれば深掘りされない。

「ご足労おかけしてすみません」

「早く終わらせてくれよ」

一刻も早くこの場所から脱出したいという気持ちを前面に出した口調。それ自体は不審でもなんでもない。取調室に留まりたいと思う人などいない。ただ、ここから去りたいと思わせる後ろめたい理由があるかどうかを見極める必要がある。

夕方に、ズーハオに話を聞くために接触しようとウメホテルに行ったが、不在で会うことは叶わなかった。

久保は、ミチルにズーハオの帰宅時間を訊ねたが、なぜか教えることを渋っている様子だった。いわく、そういったことはプライバシーの侵害だともっともらしいことを言った。

それもそうかと納得しかけたが、日向の問いには嬉しそうな顔で応対し始めた。

結局、ミチルがズーハオの携帯電話に連絡しても繋がらず、帰ってくる時間は分からないということだったので、折り返し連絡してほしい旨《むね》の伝言を頼んだ。

そして、二時間後に日向の携帯電話に着信があり、その日にズーハオが警察署に出頭するという流れになり、今に至る。

「ズーハオさんは、神田《かんだ》にある外国語学校に勤めているんですよね」

久保は事前に得た情報を口にする。すべて、日向がミチルに聞いたことだ。

「そうだ。週五日、働いてる」

久保は、世間話を続ける。

「ウメホテルには、同じような仕事をしている友人がいるそうですね」

「ヨンジンとセオも、別々の語学学校で講師をしているよ」

韓国人のヨンジンと、イギリス人のセオ。三人はそれなりに仲が良いらしい。

「ほかに、仲が良かった人はいますか」

ズーハオは、質問の意図を探るような目つきを向けてくる。

「……一緒に食事をしたりする友人はいるが」

「そうですか。ちなみに、彫師をしていた上村さんという方とはどうですか。刺青を彫ってもらったとか」

険しい表情を浮かべたズーハオは、視線を机の上に落とす。後ろめたいことがあるというよりも、疑われたことが心外だと言いたげだった。

「たしかに最近、刺青を彫ってもらった。でも、俺は殺してない」

「どこに彫ってもらったんですか」

その問いかけに、男はTシャツの袖をまくり、二の腕を露わにする。太い腕に、〝8〟という数字が三つ並んでいた。

「中国では〝8〟という数字は縁起の良いものとされている。広東語の〝発〟の発音と似てるから。〝発〟は、金持ちになるとか富むなどの意味がある。金を連想するから縁起が良いとされてる。日本人だって、本当は金が好きだろう？」

そう問われた久保は、そのとおりだと内心頷く。日本では、なぜか金儲けは卑しいものだという価値観がある。金があるに越したことはない。日々の節約生活で、それは身に染みて感じていることだった。

腕に彫られた三つの〝8〟。よく見ると、真ん中の〝8〟の形が微妙に歪んでいる。

「ここ、なにか別の傷があるようですが」

久保の隣に立っている日向も同じことを思ったのか、指を差して訊ねた。

Tシャツの袖を元に戻したズーハオは、肩をすくめる。

「祖国にいたころ、酒場で喧嘩になったんだ。それで、相手が割れたグラスの破片で俺の腕を刺した。あれは、なかなか痛かった。もちろん、お返しに立てなくなるまで殴ってやったけど」

眉を上げて額に皺を作った。なんてことはない日常生活の一端だと言いたげな表情。

好戦的な性格なのだろうなと久保はズーハオを観察しつつ、上村を殺した犯人だろうかと考える。

今のところ、シロだという印象だった。

「上村さんの刺青の腕は確かだよ。あまり表立った営業はしていないから、知っている人は多くないけど、口コミで広まっているみたいだな。そして、彼がもっとも得意とするのが、すでにある傷や痣などを使って作品を仕上げることなんだ。俺の刺された傷が〝8〟になったようにな」

服の上から腕に触れたズーハオは満足そうな表情を浮かべていた。

非常に嬉しそうだ。この人物が、果たして殺人犯の可能性はあるのか。そう思案しつつ、小森のことが頭に浮かんだ。小森の刺青も、なにかの傷を使ったものなのだろうか。どんな傷なのだろうか。

邪《よこしま》な感情が湧き上がってきた久保をよそに、日向が口を開く。

「ちなみに、皇桜会という組織をご存じですか」

「コウオウ？　知らない」

その問いに対するズーハオの反応は、自然なものだった。

　やはり、犯人ではない気がするなと久保は思う。

　ズーハオを帰してから、久保と日向は自動販売機横のベンチに座った。予備班は捜査本部の一員という位置付けだ。ただ、粗探しをする役目という手前、捜査員たちと混じっての仕事は気を遣う。そのため、捜査本部が詰めるエリアではなく、廊下などに置かれたソファーを使うことが多かった。

「どう思う？」

　久保は、黒ずんだ天井を見る。建物内のどこでも煙草を吸えた時代の名残だろうか。

「どうでしょうか……」

　小首を傾げた日向は、煮え切らない様子だった。

「そもそも、お前が提案したんだろ」

　ため息を吐く。

　昨日、上村の遺体の背中に彫られていた〈汚き者は万死に値するのが教え〉という言葉の中の、〝値〟という文字が、日本の字体ではなく、繁体字か簡体字の〝値〟ではないかと日向が言ってきた。そう指摘されると、確かにそのような気がした。そして、ものは試しだということで、上村と親しいとされた中国人のズーハオに焦点を当ててみたのだ。ただ、結果は不発と言っていいだろう。

〝値〟と〝値〟。確かに似ている。目の付け所は悪くない。

どうしてそのことに日向が気付いたのか、久保は訊ねなかった。どうせ、どこかの女が入れ知恵をしたに決まっている。

「ほかに、上村の周辺に中国人はいないのか？」

「今のところ、該当者はいませんね」

その回答に、久保は先ほどより大きなため息を漏らした。

やはり、皇桜会の犯行ということなのだろうか。

6

小森は、握っていたペンを机の上に転がす。

文字が頭に入ってこなかった。集中することができず、ただ時間だけが過ぎていった。文字通り、仕事が手につかない。こんなこと、初めてだった。

パソコンのキーボードを打つ。姓名判断のサイトを開く。

小森亜希と打ち込む。凶が多く、総格も特殊格で波瀾万丈《はらんばんじよう》の人生が待っているということだった。

次に、日向亜希と打ち込む。総格が大吉になる。すべてに恵まれており、家庭運や子供運も最高と書かれてあった。結婚したい。

そんなことをしている自分が馬鹿らしくなり、サイトを閉じる。

あ、腕の毛の処理を忘れていた。動揺したが、今日すぐにそういった関係になるわけがないと自分に言い聞かせる。

ふと、化粧について不安になってきた。もともと口紅を塗る習慣はなかったが、やはりつけたほうがいいのだろうか。会社を抜け出して買いにいくべきか。

そういえば、昨日のうちに髪を切っておけばよかった。トリートメントもお願いしたい。今から間に合うだろうか。

それから、汗をかいたときのために、なにかしらの対策が必要だろうか。制汗スプレーがいいのか、それとも香水を買うべきか。

駄目だ、疲れる。

あ、もし二軒目に行くことになった場合のことも考えなくてはならない。ネットで池袋から近い店を探す。高評価のランキング上位の店を見る。

仏料理。

「……ほとけ料理？」

いや、フランス料理だ。

完全に頭がおかしくなっている。

ほとんど作業を進められないまま、終業のチャイムを聞いた。

「ん？　なんか緊張してる？」

振り向くと、柿沼が立っていた。立ち上がった小森は頷く。

小森は、あまり身だしなみに気を遣わないほうだった。最低限より少し上の水準を保っているが、これは社会人だからという消極的理由によるものだった。服は季節の初めにまとめて買い、昨シーズンのものと合わせて着回していた。

それなのに、昨日は大手デパートで白いセーターと青いプリーツスカートを買い、今日はそれを着て出勤した。髪も念入りに梳《と》かし、化粧もいつもより気合いを入れている。どんなに鈍感でも、夜に予定があると分かるだろう。目敏《めざと》い人なら、その予定が大切なものだということも。

「最初からあまり気を許したら駄目だよ。つけあがるから」

すべてを見透かしているような視線を向けてきた柿沼は、にやにやしながら言う。

「……からかわないでください」

小森は言いつつ、顔が火照る。

今日は、日向と会うことになっていた。しかし、一人では心許なかったので、柿沼も同席してもらうことにしたのだ。

離婚を経験している柿沼は、男を見る目が厳しい。一年ほど前、大学の同窓経由で知り合った大手印刷会社の営業マンからデートに誘われ、何度か食事をした。そのことを柿沼に話したところ、一度会ってみたいということになり、三人で食事をした。楽しい会食だったが、解散してから、柿沼からメールが入った。一言、「好きなら良いんじゃない」。積極的な賛成ではなく、むしろ、消極的な反対をされているように感じた。

あの時点では、特に性格の不一致はなかった。ただ、最初に会ったときから、なんとなく違和を感じていた。明確な理由はなかったものの、隣にいる存在ではないという曖昧で根拠のない違和。

結局付き合ったのは二ヵ月で、すぐに別れた。柿沼にそのことを伝えると、特に驚いている様子はなく、むしろ当然の帰結だと思っているようにも感じた。あのときから、柿沼の意見は尊重している。

今日は、柿沼に日向を見てもらいたかった。男に免疫のない女子校出身者なら分かってもらえるが、気になる人物と二人きりで会う勇気がない場合、友人などを連れていって複数人にして会う傾向がある。ようは、怖いのだ。本気だと思えば思うほど、二人きりになることが怖かった。

訳あって刑事と会うから、同席してほしいと頼むと、柿沼はすぐに状況を理解した。

——刑事が彼氏ってのも、悪くないね。仕事に役立ちそうだし。

笑いながら言われた言葉が、耳に残っていた。日向の顔を思い出す。あんな顔の良い人と付き合うイメージがまったく湧かなかった。ただ、付き合えれば楽しそうだなと思った。あの顔を毎日見ることのできる環境は、心臓に悪いが……。

ゲラを引き出しにしまい、机の上を片付けてから、柿沼と一緒に会社を出る。

目的地に近づくにつれて、緊張が増していく。このまま会ったら心臓が爆発するのではないかと思うほど、心音が大きくなってくる。

今にも逃げ出したい気持ちをなんとか堪えつつ、店に到着した。

〝キティバー〟に入り、マスターに待ち合わせだと告げると、一番奥に置かれた四人掛けのテーブルに案内される。すでに日向は来ていて、テーブルにはアブサンが置かれてあった。グラスの中身が、半分ほど減っている。

「お忙しいところすみません」

立ち上がった日向が会釈をする。

「い、いえ……。こちらこそ、すみません」

小森も頭を下げ、熱くなった顔が冷めることを願う。

ここに呼び出したのは、小森だった。どうしても、伝えたいことがあったのだ。

日向の視線が、柿沼へと移る。

「初めまして。警視庁の日向と申します」

「……どうも。芸談社の柿沼です」

落ち着いた声を出した柿沼は、真顔に近い表情を浮かべている。見たことのない表情だなと小森は思う。

「なになさいますか」

日向が、メニューを差し出してくる。

少し迷ってから〝グスシキ　２０１８〟をオンザロックで注文した。柿沼も同じものを注文する。

腹の足しになるような料理を数品追加注文した日向が、口を開く。

「メールをいただき、ありがとうございます。なにか気になる点があったんですか」

その問いに、遠慮がちに頷いた小森は、今さらながら自分の行動が間違っているのではないかという思いに駆られる。

ここで最初に日向に会ったとき、遺体の背中に彫られていた漢字の〝値〟が〝値〟なのではないかと思い、それを口にしたところ、日向が関心を持ってくれた。ただの感覚で無責任なことを言っただけだと念を押したが、日向は、それでも十分だと言い、なにか考えを巡らせている様子だった。

バーで別れた後、小森は自分の発言が正しかったのか不安になり、漢字のことについていろいろと調べてみた。見せてもらった文字の記憶を呼び覚ましつつ、文献を漁《あさ》り、自分が重大なミスをしているかもしれないと考えるようになった。

間違った意見をしてしまったのなら、正したい。

小森は、調べた結果を伝えるために、ここに呼び出した。理由の半分はそれだが、残り半分は、単純にもう一度会いたかったからだ。

「そうなんですけど……」

ここに来るまでは、それなりの発見をしたと思っていた。ただ、本人を前にして、調べた内容が合っているかどうかの自信はなくなってしまった。記憶を頼りに漢字を調べ直したのだ。その記憶が間違っている可能性もある。

「いや、本当に助かります。ちょっと捜査の方向性を見失っていて」日向は一呼吸入れる。

「それに、ここに誘っていただいて嬉しかったです。もう一度、アブサンにチャレンジしようと考えていたところだったんです。あ、先に飲んでいてすみません。待っていようとは思っていたものの、少し早く着いたんで、我慢できなくて」

素直な心情を吐露する。それで気が楽になった。

店員が持ってきたアブサンを小森と柿沼が受け取る。一口飲んだ。美味しいのかどうか分からないが、癖になる味。

前回同様、アブサンを口に含んだ日向は、奇妙な表情を浮かべている。

「あれから少し、漢字について調べてみたんです」小森は手帳を取り出してから続ける。

「その前に、もう一度背中に彫られた文字の写真を見せていただけませんか」

頷いた日向は、柿沼を気にするように一瞥してから、ジャケットの内ポケットから写真を取り出して、小森の目の前に置く。

文字を確認する。記憶に間違いはなかった。安堵感が広がると同時に、やはり前回は間違った内容を伝えていたことを知る。

「なにか、妙なところがあるんでしょうか」

「あの……」日向の言葉に促されるように言葉を紡ぐ。

「〈汚き者は万死に値するのが教え〉という文章の〝値〟という字だけが違うように感じたんですが、それだけじゃないと気付いたんです」

「ほかにも、繁体字か簡体字があるということですか」

小森は首を振り、最初の文字である〝汚〟に指を置く。

「たとえば、この〝汚〟という字ですが、簡体字でしたら、〝汚〟は〝汚〟と書かれるはずなんです。〝汚〟を使うのは日本語か繁体字、それと朝鮮漢字です」

手帳に文字を書きながら説明する。

日向は怪訝な顔になった。

「朝鮮漢字……韓国はハングルを使っているんじゃないんですか」

「漢字を使うときもあるんです」

一九七〇年に始まった漢字廃止政策によってハングルを主に使うようになったが、漢字も使用されている。

「それと、〝教〟という字もです。これは形が乱れているだけだと思っていたんですが、やっぱり〝教〟という字に見えます。この字は朝鮮漢字です」

「……〝汚〟が朝鮮漢字か繁体字、〝教〟が朝鮮漢字。ですが、〝値〟は、繁体字か簡体字ということですか」

「いえ、この〝値〟ですが、もしかしたら文字の形が乱れて血が滲んで、〝值〟という字に見えただけかもしれません。ちなみに、朝鮮漢字の〝値〟は、日本語と一緒です」

主張を翻《ひるがえ》したことを詫《わ》びつつ、改めて見ると、〝値〟に思えた字は〝値〟に見えなくもない。

日向は思い詰めた顔で手帳にペンを走らせてから、ページを開いたままテーブルの上に置く。

「つまり、〈汚き者は万死に値するのが教え〉という文章の中で、〝汚〟と〝値〟と〝教〟が朝鮮漢字と解釈もできるわけですね。それ以外はどうなんですか。例えば、〝万〟とかは？」

日向が目を輝かせて聞いてくる。

言葉を詰まらせた小森は、唾を飲み込んでから声を絞り出した。

「〝万〟は、朝鮮漢字ではなさそうです。もちろん、日本で使われている漢字の

〝万〟だと思います」

「朝鮮漢字と日本で使われている漢字が入り乱れているということですか……」

日向の表情が曇る。それを見て、小森は弁解するような口調で言った。

「えっと、私が言いたかったのは、たとえば日本人の犯行に見せかけようとしたのに、一部の漢字が朝鮮漢字になってしまったとか……身についたものはそう簡単に抜けないものですし。私が担当した韓国の作家さんも、日本語で文章を書いていたんですけど、ときどき朝鮮漢字が混じっていることがあったので……犯人は、人を殺した直後の状況で焦っていたでしょうし、それで、朝鮮漢字が出てしまったのかもしれないです」

空回りしていることを自覚し、探偵ごっこのようなことをした自分が恥ずかしくなる。

ただ、日向はそうは思わなかったらしい。

「……その推測、とってもいいと思います」

声を弾《はず》ませ、柔らかい笑みを浮かべた。

「あの、ちょっと失礼します」

唐突に言った柿沼は席を立ち、ハンドバッグを持ってトイレに行ってしまう。

「……どうしたんでしょうか」

心配そうな表情を日向が浮かべた。

小森は、不安だった。もしかしたら、柿沼の目に、日向は良く映らなかったのかもしれない。

やがて、柿沼が戻ってくる。

その様子を見た小森は驚く。今まで見たこともないくらい、柿沼はばっちりと化粧をしていた。瞳が、獲物を狙う目になっている。

「お待たせしました。日向さんは、休日はなにをされているんですか？」

僅かに甘えるような声。

小森は確信する。柿沼も、日向に惚れたのだ。

魅力的な女性がライバルになったことに、小森は危機感を覚える。

「わ、私も化粧を直してきます！」

ほとんど無意識のうちに発した言葉。小森は、自分を殴《なぐ》りたくなった。

7

「たしかに、筋は通る。行けるな」

話を聞き終えた久保は頷く。

日向の説明によると、遺体に彫られていた文字の一部が朝鮮漢字ではないかということだった。この前は中国で使われている繁体字か簡体字と言っていたじゃないかと久保は指摘し、その線での捜査はしないと難色を示したものの、今度はかなり確度が高いと日向は断言した。

朝鮮漢字。

つまり、韓国人が遺体に文字を彫った可能性があるということだった。いつから漢字博士になったんだと問うと、知人から助言をもらったということだった。日向の表情から後ろめたさを察知し、知人とは誰だと詰問すると、上村の家で出会った小森だと吐き、偶然バーで再会したのだと弁解を付け加えた。

それを聞いた久保は、正直なところ傷ついた。小森に振られたわけではないが、間接的に振られた気がした。

「……悩みながら前に進むんだ。落ち込みながらも、前に進むんだ」

自分を鼓舞した久保は傷心を押し隠し、フリスクから胃腸薬を取り出して飲み込む。俺は大丈夫。傷付くのは人生のスパイスだ。

そう言い聞かせた久保は、プロに徹することにする。

「よし、ウメホテルのヨンジンに話を聞きに行こう」

立ち上がった久保は、頬を軽く叩いた。

池袋駅から歩いて、ウメホテルに入る。フロントにはミチルが立っていた。

「あ、傾国のイケメン。日本経済が低迷しているのはあんたのせいだよ！」

日向を指差しながらミチルが笑う。

傾国のイケメンとは、言い得て妙だなと久保は感心する。国を崩壊へと導いた女性を傾国の美女と表現するが、美女が国を傾けたわけではなく、要するに美女に惑わされた周囲が国の崩壊へと突き進んだというだけなのだ。日向は、いわばその男版というこ とになるのだろう。違うのは、日向は美女ではなくイケメンで、国を崩壊に導くのではなく事件を解決するという点だけだ。

国を滅ぼす方向へと誘《いざな》う美女。

事件を解決へと導くイケメンこと日向。

スケールは違うが、共に周囲を惑わして行動を起こさせるという意味では共通する――ような気がする――。

そうか？

久保は首を傾げた。

「いやぁ、刑事には見えないわ。本当に。やっぱり撮影かなにか？　ドッキリ？」

ミチルが身を乗り出すようにして訊ねてくる。

ここでイケメン話に花を咲かせている暇はないと思った久保は、日向の前に立って本題に入る。

「すみません。前に、ここに上村さんと親しい方で、韓国人の方がいると言っていたと思いますが」

その問いに、ミチルは迷惑そうな表情を浮かべた。

「ヨンジンのこと？　どうしたの？」

「いえ、ちょっとお話を聞きたいと思いまして」

「ヨンジンなら、祖国に帰るって」

「え？」

久保は瞬きをする。

「なんか、お父さんが病気になったとかで、いきなり帰国って話になったみたい。まぁ、病気だから仕方ないね。ヨンジンも顔が真っ青だったし。なんか震えてたし。お父さんのこと、好きなんだね。マジで怯えてたよ」

「ちょ、ちょっと待ってください。もう帰国したんですか？」

焦りを覚えつつ、久保が訊ねる。

「いや、これから帰国。チェックアウトを終えたばっかり。あ、ヨンジン！」

ミチルが視線を遠くにやって手を挙げた。

ヨンジンと呼ばれた男が、ウメホテルの前を全速力で走り抜けた。その後ろから、スキンヘッドの男が追っている。見覚えのある顔。皇桜会に行ったときに会った男だ。

「くそっ」

久保はウメホテルを出て、二人の後を追う。

日向もついてくるが、久保の足の方が圧倒的に速い。

ステップを駆使して、通行人を避けながら前進する。

すぐにスキンヘッドに追いつく。この男の存在も気になったが、今はヨンジンを捕まえることが先決だ。

あっという間にスキンヘッドを追い抜く。

ヨンジンは、遥か先を走っている。

「伊達《だて》に左ウィングやってたわけじゃねーんだよ!」

久保は吠える。

高校時代、ラグビー部では足の速さが必要となる十一番だった。

トライゲッター。

ヨンジンとの距離を一気に詰めて、両手を前に伸ばしてダイブする。

トライを告げるホイッスルが、頭の中で鳴ったような気がした。

翌日。

久保は、鼻梁《びりょう》に貼った絆創膏《ばんそうこう》を指で掻いた。アスファルトの上でのトライは危険だなと実感しつつ、取調室の様子を窺う。

事件は急転直下で解決した。

上村を殺したのは皇桜会の人間ではなく、ウメホテルに長期滞在していた韓国人のヨンジンだった。

今は、供述調書の内容を確認し、署名捺印《なついん》をする段階だった。

「良かったですね。事件解決できて」

呑気な表情を浮かべた日向は、他人事《ひとごと》のような口調で呟く。

本当に、他人事なのかもしれないと久保は思った。これは僻《ひが》みややっかみなどではない。今まで日向が解決した事件は、日向の周りにいた女性が解決に導いたと言っても過言ではなかった。

「それもこれも、久保さんがヨンジンを確保してくれたからです」

本心からの言葉に聞こえるが、久保は功績だとは思っていなかったので無視する。

ミチルの情報によれば、上村はイギリス人のセオとヨンジンの二人と付き合っていたらしい。男と二股していたという事実に久保は驚く。痴情のもつれの線は考えてもいなかった。久保はミチルに、男同士で付き合っているということをどうして言わなかったのかと聞くと、別に特別なことではないから言う必要性を感じなかったし、プライベートなことに干渉しないのがスタンスで、それを言いふらすのはキャラではないと真面目な表情で答えた。

韓国人のヨンジンが犯人ならば、遺体に彫られた文字に朝鮮漢字が使われていたという日向の主張に合致する。

貴重な証言をしたミチルはその後、堂々と日向をデートに誘っていたが、久保は自分のことを棚上げしているという事実に目を背けつつ、職務倫理に反するから駄目だと妨害した。

マジックミラー越しに、ヨンジンを見る。

最初、ヨンジンは犯行を否定していたが、上村の身体に彫られていた文字の一部が朝鮮漢字だということを突きつけると、顔を青くし、しばらくして自白した。まさか、漢字を指摘したことが完落ちの決定打になるとは思わなかったが、本人はすでに逃げられないと思っていたようだ。先ほど、犯行に使われた凶器が見つかった。ヨンジンの証言どおりの場所に捨ててあった。起訴は確実だろう。

ヨンジンの犯行動機は二つあり、一つは痴情のもつれによるものだった。上村は、ヨンジンに覚られないようにセオと付き合っていたが、一部の人間にはバレており、やがて事実が露見したことで、ヨンジンは嫉妬に駆られ、怒りに任せて刺殺してしまったという。

上村の背中に文字を彫ったのは、もう一つの動機に起因する。

ヨンジンはコカインの売人をやっていた。セレブドラッグとも呼ばれるコカインは外国人に人気があった。そのため、多くの外国人にパイプのあったヨンジンは大量に捌《さば》くことが出来た。コカインを卸していたのは皇桜会で、販売量はかなりのものだったようだ。ただ、ヨンジンはコカインに混ぜ物をして嵩《かさ》増しして売り、金を着服していた。そのことを皇桜会に疑われ、申し開きができない危うい状況下に陥っていたらしい。

皇桜会に命を狙われかねない状況下で、ヨンジンは上村を殺してしまった。すべてが悪い方向に進んでいると悲嘆に暮れたヨンジンは、状況を打破する妙案を思いつく。

それが、上村殺しの罪を、皇桜会になすりつけるというものだった。ヨンジンは、皇桜会の事務所に掲げられていた掟の〈汚き者は万死に値するのが教え〉という一文を覚えており、それを上村の身体に彫ることにした。

実にお粗末な手段だったので、いずれは捜査本部もヨンジンに辿り着いていただろう。ただ、事件というのは早く解決するに越したことはない。

現に、ヨンジンは日本を去ろうとしていた。外国に逃げられると、逮捕は容易ではなくなる。

日向が正義を早めたので、犯人を逮捕することができた。

「しかし、皇桜会といった右翼団体でも、外国人とビジネスをするんですね」

日向の言葉に、久保は肩をすくめる。

「まぁ、結局は思想よりも金が上回ったってことだな」

薬物を売るのは犯罪だ。皇桜会による殺人容疑は晴れたが、麻薬及び向精神薬取締法違反の疑いがある。これから、しっかりと詰めていくと組織犯罪対策部の人間が息巻いていた。

「今回も手柄だな」

久保の言葉に、悔しそうな顔をした日向がぽつりと呟く。

「僕は、特になにもしていないですよ……」

本心からの言葉だろう。

日向は過去に一度、自分の力で事件を解決していないと漏らしたことがあった。周りの女性が助けてくれるだけで、自分の能力が事件解決をたぐり寄せたわけではないと言っていた。

それを聞き、久保は妙に納得したのを覚えている。

それは、過去に書かれていた捜査報告書を見れば明白だった。予備班に配属された日向は、どこからともなく重要な情報を持ってきた。

情報源のほぼすべてが女性。

女にモテる男に嫉妬しない奴などいない。現に、捜査報告書を読んだ人間は、最初は面白がったものの、段々と嫉妬心に駆られていった。そのせいで、当時新宿警察署にいた日向は不遇の刑事人生を送っていた。

そして、新宿警察署から予備班に異動になり、見かねた久保が、捜査報告書を誤魔化すよう助言することになったのだった。

「捜査報告書ができたので、確認していただけませんか」

そう言った日向は、リュックサックから捜査報告書を取り出した。

受け取った久保は、内容を確認する。

「……本当にこれでいいのか？」

「これでお願いします」

毎回の流れ。

日向が情報を入手しても、それを隠し、久保の手柄にする。

事件を解決さえすれば、予備班が提出する捜査報告書は重要視されない。それに、予備班の報告書は捜査概要などの煩雑《はんざつ》な記述を省略し、簡潔な説明のみで事足りた。検察が起訴するために確認する重要度の高い捜査報告書は、捜査本部の人員が書くことになっていた。

　久保は日向に対し、捜査報告書など適当に書けばいいじゃないかと提案したが、虚偽の内容は書けないので、せめて簡潔に記すということで落ち着いた。

　今回の捜査報告書にも、嘘はない。ただ、日向が女性から情報収集し、事件の真相へと辿り着いた部分を一切書いていないだけだ。そして、久保に手柄を譲っているだけだ。

　簡潔すぎる捜査報告書を提出すると上司から苦々しい顔をされるものの、先に事件を解決されたという負い目からか、苦言はなかった。

「……でも、いいのか？　毎回俺の手柄になって」

　捜査報告書は、今回も久保の手柄になるように書かれてあった。

　日向は頷く。

「いいんです。実力がないのに実績を積んで評価されても、自分の首を絞めることになりますから……でも、情報収集能力は、誰にも負けない自信はありますけど」

　困ったような顔で呟く。

　情報収集能力。たしかにそのとおりだなと久保は思う。周囲の女性が放っておかないお陰で、事件解決へと導く。誰にも真似できない、希有《けう》な才能だ。

　それに久保は、日向の刑事としての素質を高く評価していた。そして、もしかしたら、いつも周囲の女性が助けてくれるので、日向は自分の持つ能力を発揮できないのではないかと久保は思うようになっていた。過去に一度、日向が酒に酔ったときに、悔しそうな顔をして口を滑らせた言葉を思い出す。

——もう少し時間をもらえれば、僕自身の推理ができるんです。でも、周囲の方が助けてくれるから、それに甘えてしまって。いや、本心からありがたいとは思っているんですが……。

当時は特に気にも留めていなかった久保だったが、今ならなんとなく分かる気がした。

日向はモテるがゆえに、能力を使えない。発揮できない。

そう考えると、ほんの少しだけ可哀想だ。ほんの少しだけ。

日向は、いたずらにモテる。

無駄にモテる。文字通り、無駄だった。モテても、仕方のない男。ただ、その副産物として事件が解決する。

捜査報告書　本文

記

一、捜査の端緒
二〇二一年三月十一日午前十一時頃、郵便配達員の武田《たけだ》克己《かつき》の一一〇番通報による。

二、事件の概要
三月十二日より、警視庁捜査一課予備班である久保謙太警部補と、日向創巡査部長とで事件の概要を確認。捜査に当たる。

被疑者は、豊島区池袋四丁目にあるウメホテルに長期滞在している韓国籍のパク・ヨンジンで、営業許可を取らず、密かにタトゥースタジオを経営していた上村佑を刺し、その場で死亡させ、逃走したものである。

三、被疑者及び被害者
被疑者　パク・ヨンジン　三十八歳
被害者　上村佑　四十歳
四、被害程度
胸を刺されたことによる失血死。
五、捜査の経過
（ア）予備班所属の久保と日向が、被害者を知る人物に聞き込みをした結果、被害者と親密であるパク・ヨンジンの言動に怪しさを感じる。
（イ）久保の判断により、池袋警察署で任意同行の事情聴取をしようとするが叶わず。後日、海外に逃亡を計画していたパク・ヨンジンを久保が取り押さえる。
（ウ）取り調べの結果、犯行を自白。パク・ヨンジンの滞在していたウメホテルの部屋から凶器に使われたナイフを発見。

六、逮捕の必要性
前記の状況から、本件は被疑者の犯行と認められる。被疑者は犯行後に逃走し、他人に罪をなすりつけようとしたものである。

よって、本件を立証するには、被疑者を逮捕し、送検する必要がある。

以上

エピローグ

久保は傷心していた。

交通課の女性職員に彼氏がいることを昨日知ったからだ。

「どうされたんですか、急に」

心配そうな面持ちで日向が訊ねてくる。

「……なにも聞いてくれるな。KO負けの数だけ、俺は魅力的になるんだ……ともかく、ただただ酒を飲ませてくれ」

そして無料《タダ》酒を飲ませてくれ。やばい、またオヤジギャグが出た。

久保は一人で夜を過ごすのが嫌だったので、事前連絡なしで日向の家に訪問した。

日向は驚いていたが、とくに迷惑そうな顔もせずに受け入れてくれた。

良い奴だ。

家に上がると、日向は冷えた缶ビールを用意してくれた。部屋のソファーに座り、立て続けに二本缶ビールを空ける。その間に、日向がキッチンで簡単な料理を作ってくれる。甲斐甲斐しい後輩だ。

冷蔵庫から勝手に三本目のビールを取り出して、それを飲みつつ部屋を見渡す。女っ気のない部屋には、異様なほど厄除けグッズが置かれている。護符やお守りだけではなく、人の形を象《かたど》った得体の知れないものもある。初めて家に上がったとき、ここに幽霊が出るのではないかと勘違いしたほどの量だ。

立ち上がった久保は、部屋の隅に置いてあった数冊の雑誌を手に取る。

『一人で行ける宿』

『お一人様散歩』

『独身でも楽しい時間』

雑誌のタイトルを見ながら、日向は人生を一人で進むつもりなのだろうと推測する。でも、どうして。

「……よし。ようやく落ち着いた。嫌な出来事は、すぐに忘れるのが一番だ」

呟いた久保が大きく頷いた途端、着信音が響いたので身体を震わせる。音は、日向のスマートフォンからだった。

「……誰からだ。見せろ」

ビールをあおった久保は、日向のスマートフォンを指差しながら命令口調で言う。

「え……どうしてですか」

困惑した表情を浮かべる日向。

「お前は捜査中、女にモテているだろ。手を出していないと俺に説明しているが、本当かどうか疑わしい。先輩権限だ。見せろ」

そう言うが早いか、日向の手からスマートフォンを奪い取る。

「あっ……」

咄嗟のことに反応できなかった日向が手を伸ばすが、取り返そうとはしなかった。

「ここで必死になれば、余計疑われるんだよ」

勝ち誇った調子で言った久保は、日向にパスワードを解除させ、メールの中身を確認する。

ほとんどが、女からだった。この前起きた事件で関わった姫城や小森の名前もある。

「お、お前、手を出してるじゃないか」

動揺に、声が震える。

日向は遊んでいない。久保は、そのことを信じていた。それなのに、こうして女とメールをしている事実に、目眩がした。裏切られたという気持ちに、心が締め付けられた。

「お、お前……」

久保を見た日向の表情は、どこか悲しそうだった。

「……メールの内容、しっかりと確認してください」

疲れたような声。

「い、言われなくても見る！」

なぜか強気に答えた久保は、女の名前から来たメールを確認する。かなりの長文。日向の返信も長い。内容を読むと、日向は、女からの誘いには一切乗っていなかった。会いたいと言われても、すべて断っていた。

遊んでいないというのは、本当だった。

「……なんなの、お前？」

久保は、心からの疑問を投げつけた。

「メールを無視するのも悪いじゃないですか……しかも、捜査を手伝ってくれたんです。傷つけたくはないので……」

たしかに、日向の送ったメールからは配慮が読み取れた。必死に考えて、尊重するような調子で相手の好意を断っていた。

「それに、こういったことが苦手で」

日向はポツリと漏らす。

「苦手？　苦手ってなんだよ」

その問いに、日向は口を一文字に結んだ。過去や家族のことを聞かれたときに見せる表情と同じものだった。

これ以上聞かれたくないのだなと察しつつも、久保は言わずにはいられなかった。

「……なんなの、お前？」

「ですから、僕は誰も悲しませたくないだけなんです。それと、傷つけてしまうので……」

「いや、今まさに、俺がとっても悲しんでいるけどな。そして、今まさに、俺が深く深く傷ついているけどな」

そう言いつつ、日向の、傷つけてしまうという発言が気になった。

「……お前さ、どうしてそんなに女を遠ざけたがるんだ？」

ずっと心の中で蟠《わだかま》っていた疑問を投げつける。

動揺するかと思ったが、意外にも日向は真剣な表情を浮かべた。しばしの沈黙。やがて、意を決した様子の日向が、口を開く。

「……僕のことを気に入ってくださる女性は、ときどき過剰行動を取るんです……それで、いろいろと危険な目に遭わせてしまう可能性があるので、なるべくモテないようにしているんです。実は、医者にも診て貰ったことがあって、軽度の加害恐怖ではないかということでした」

「加害恐怖？　なんだそれ？」

「他人に危害を加えてしまうのではないかと考える強迫神経症です。でも、僕の場合は、本当に危害を及ぼすことがあって……怪我をさせたこともありますし、食べ物を喉に詰まらせてしまったこともあるんです……」

なるほど、そういうことかと久保は腑に落ちた。たしかに、日向を気に入った女性の行動は予測できないところがある。

それにしても、過剰行動とは言い得て妙だ。

大男に蹴りを入れる美女や、道端に倒れ込む女性を思い出す。ほかにも、思い当たる節はあった。

「結果として傷つけてしまうことが多いので……その、モテないようにしたいんです」

日向の表情は、真剣そのものだった。
ほかの奴が言ったら失笑ものだ。だが、日向だからこそ、その発言に真実味がある
し、本当に悩んでいると理解できる。
ただ、加害恐怖というのは大袈裟《おおげさ》な気がした。
「なにか、そうなるきっかけはあったのか？」
日向がモテることは百も承知だったが、それだけで強迫神経症を患《わずら》うだろうか。
問われた日向は、話すべきかどうか思案するように視線を漂わせていたが、やがて
決心したように唇を引き締めた。
「……実は、大学生の頃に、僕を見た女性が驚いて転んだんです」
日向を見て転ぶ。別段珍しいことではない。おおかた、この世のものとは思えない
美形をみて腰を抜かしたのだろう。
一度言い淀み、続ける。
「……それで、その女性は犬の散歩をしていたのですが、リードを離してしまって犬
が逃げ出したんです」
「その犬が車道に出て、車に轢《ひ》かれたのか？」
「……いえ、車道に出たのは合っていますが、幸い、轢かれませんでした。でも、犬

を避けようとした車がハンドルを切って縁石に乗り上げて横転したんです。そして、車三台を巻き込む事故が起きました」

久保は眉を顰《ひそ》める。たしかにそれはショックだろう。

しかも、話はそこで終わらなかった。

「事故を起こした車に衝突しないよう回避した一台の車が、歩道を乗り越えて天ぷら屋に突っ込んだんです。それだけでも大変な事故でしたし、油に引火して火事になる恐れもありました。一刻も早く避難しなければならない状況だったんです。でも、僕を見た通行人が、なにを思ったか映画の撮影だと勘違いしたらしくて……それで、人が集まってしまったんです。離れるように言ったのですが、なんか歓声とかが聞こえてきて、サインとかも求められて……そうこうしているうちに、天ぷら屋のプロパンガスからガス漏れが発生して、突っ込んだ車から出た火花で引火して爆発したんです」

暗澹《あんたん》たる表情を浮かべる日向。

すごい事故だ。現場はすさまじい状況だっただろう。それなのに、どこか滑稽《こっけい》な印象を受ける。

「……死者は出たのか？」

恐る恐る訊ねると、日向は首を横に振った。

「地獄のような惨状だったんですが、奇跡的に全員無事で、数人がかすり傷を負っただけでした。ただ、この事故の発端が僕にあるのは明白で、それ以降、マスクをつけたりしていましたが、敏感肌ですぐに赤くなってしまいましたし、あまり効果がなくて……これは前にも言いましたね」

うなだれる日向。

久保は眉間に皺を寄せる。

事故は、女性が散歩させていた犬が逃げ出さなければ起こらなかった。いや、日向を見た女性が転ばなければ発生しなかっただろう。

そういう意味では、日向が原因だ。

「……原因か？」

久保は首を傾《かし》げる。

風が吹けば桶屋が儲《もう》かるとか、バタフライエフェクトと同じで、日向がイケメンであるがゆえに大事故が引き起こされた、ように感じてしまう。

「でも、日向が原因か？　そんなこと考えたら、きりがないぞ。俺は昨日プリンを食べたが、そのせいで人が不幸になったかもしれない。いや、冗談を言っているわけではないぞ。自分の行いが他人の迷惑になるなんて考え出したら、きりがないってことだ。たしかにお前は、イケメンだ。それで人に迷惑がかかる場合もあるかもしれないが、それを気に病んでも解決しないし、意味がないだろ。それに、お前は人を不幸にするよりも、幸福にするほうが多いと思うぞ、絶対」

その言葉に嘘はない。日向によって救われている人は多い。それは、日向と組んで一緒に行動している久保が一番感じていた。

日向は目を潤ませる。そして、泣いた。

──泣くなよ！

久保は叫びたかったが、なんとか堪える。

「……本当に、つらくて」

手で目を隠す。

本当につらかったのだろう。それは分かる。しかし、イケメンがつらいなんて贅沢《ぜいたく》がこの世にあっていいのか？

いいのか？

いいわけがない。

久保は、太ももを叩いて不敵な笑みを浮かべる。

「よし、それじゃあ、これからは俺と一緒に恋活をするぞ」

「……え？」

赤い目をした日向は瞬きをした。

「だから、恋活だ。独身パーティーに行ったり、マッチングアプリを使ったり、合コンしたりするんだよ」

事態を飲み込めない日向は、口をパクパクとさせる。

「……えっと、話、聞いていましたよね？」

「もちろん聞いた。聞いた上で、一緒に恋活しようって言っているんだ」

今の状態でいるのは間違っている。

「俺はモテたい。だから、いろいろな方法を試している。まぁ、その道の大家みたいなものだ。だから、お前にも、いろいろと教えてやるよ」

荒療治になるかもしれない。負担になるかもしれない。でも、やってみる価値はあると思った。やってみて駄目だったら、止めればいい。

「そして、恋活のついでに、事件も解決するぞ。事件は、あくまでついでだ」

その言葉が面白かったのか、日向が吹き出す。

「……前向きですね」

「それが俺の取り柄だ。お前、しっかり幸せになれ」

――あーあ、日向と一緒に恋活したら、俺なんて見向きもされないだろうな。

内心で思いつつ、今は先輩風を吹かせたい気分だった。

ため息を吐き、スマートフォンのマッチングアプリを起動する。

「あっ」

日向の写真のままにしていた。メッセージが三十万件も届いている。このアプリの利用者って、そんなにいるんだ。

久保はフリスクを取り出し、胃腸薬を飲む。ちょうど中身が空になった。ストックもない。また買いに行かなければ。

本書は文庫書下ろし作品です。

|著者|石川智健　1985年神奈川県生まれ。25歳のときに書いた『グレイメン』で2011年に国際的小説アワードの「ゴールデン・エレファント賞」第２回大賞を受賞。'12年に同作品が日米韓で刊行となり、26歳で作家デビューを果たす。『エウレカの確率　経済学捜査員 伏見真守』は、経済学を絡めた斬新な警察小説として人気を博した。また'18年に『60《ロクジュウ》誤判対策室』がドラマ化され、続く作品として『20《ニジュウ》　誤判対策室』を執筆。その他の著書に『小鳥冬馬の心像』『法廷外弁護士・相楽圭　はじまりはモヒートで』『ため息に溺れる』『キリングクラブ』『第三者隠蔽機関』『本と踊れば恋をする』『この色を閉じ込める』『断罪　悪は夏の底に』など。現在は医療系企業に勤めながら、執筆活動に励む。

いたずらにモテる刑事《けいじ》の捜査報告書《そうさほうこくしよ》

石川智健《いしかわともたけ》

講談社文庫
定価はカバーに
表示してあります

2021年４月15日第１刷発行

発行者――鈴木章一
発行所――株式会社　講談社
東京都文京区音羽2-12-21　〒112-8001
電話　出版（03）5395-3510
　　　販売（03）5395-5817
　　　業務（03）5395-3615

Printed in Japan

デザイン―菊地信義
本文データ制作―講談社デジタル製作
印刷―――豊国印刷株式会社
製本―――株式会社国宝社

ISBN978-4-06-523065-7

講談社文庫刊行の辞

二十一世紀の到来を目睫に望みながら、われわれはいま、人類史上かつて例を見ない巨大な転換期をむかえようとしている。

世界も、日本も、激動の予兆に対する期待とおののきを内に蔵して、未知の時代に歩み入ろうとしている。このときにあたり、創業の人野間清治の「ナショナル・エデュケイター」への志を現代に甦らせようと意図して、われわれはここに古今の文芸作品はいうまでもなく、ひろく人文・社会・自然の諸科学から東西の名著を網羅する、新しい綜合文庫の発刊を決意した。

激動の転換期はまた断絶の時代である。われわれは戦後二十五年間の出版文化のありかたへの深い反省をこめて、この断絶の時代にあえて人間的な持続を求めようとする。いたずらに浮薄な商業主義のあだ花を追い求めることなく、長期にわたって良書に生命をあたえようとつとめるところにしか、今後の出版文化の真の繁栄はあり得ないと信じるからである。

同時にわれわれはこの綜合文庫の刊行を通じて、人文・社会・自然の諸科学が、結局人間の学にほかならないことを立証しようと願っている。かつて知識とは、「汝自身を知る」ことにつきていた。現代社会の瑣末な情報の氾濫のなかから、力強い知識の源泉を掘り起し、技術文明のただなかに、生きた人間の姿を復活させること。それこそわれわれの切なる希求である。

われわれは権威に盲従せず、俗流に媚びることなく、渾然一体となって日本の「草の根」をかたちづくる若く新しい世代の人々に、心をこめてこの新しい綜合文庫をおくり届けたい。それは知識の泉であるとともに感受性のふるさとであり、もっとも有機的に組織され、社会に開かれた万人のための大学をめざしている。大方の支援と協力を衷心より切望してやまない。

一九七一年七月

野間省一

講談社文庫 目録

2021年3月12日現在